中国旅游景区
发展报告
2005

国家旅游局规划发展与财务司/主编

ZHONGGUO

LUYOU

JINGQU

FAZHAN

BAOGAO

中国旅游出版社

责任编辑：付　蓉　王守业
装帧设计：缪　惟　潘宏伟
责任印制：冯冬青

图书在版编目（CIP）数据

中国旅游景区发展报告（2005）/国家旅游局规划发展与
财务司主编．–北京：中国旅游出版社，2005.10
　ISBN 7–5032–2728–1

　Ⅰ．中…　Ⅱ．国…　Ⅲ．风景区–经济发展–研究报告–中国
Ⅳ．F592.3

中国版本图书馆 CIP 数据核字（2005）第 120735 号

书　　名：中国旅游景区发展报告（2005）

主　　编：国家旅游局规划发展与财务司
出版发行：中国旅游出版社
　　　　　（北京建国门内大街甲 9 号　邮编：100005）
　　　　　http：//www.cttp.net.cn　E-mail：cttp@cnta.gov.cn
　　　　　发行部电话：010–85166507　85166517
排　　版：北京中文天地文化艺术有限公司
经　　销：全国各地新华书店
印　　刷：北京新魏印刷厂
版　　次：2005 年 10 月第 1 版　2005 年 10 月第 1 次印刷
开　　本：787 毫米×1092 毫米　1/16
印　　张：13.5
印　　数：1–3000 册
字　　数：179 千
定　　价：22.00 元
ＩＳＢＮ　7–5032–2728–1/F·310

目　　录

总　体　编

信息数据编

案　例　编

附　　录

导　言

一、中国旅游资源特点

1. 旅游资源类型的多样性

我国地域辽阔，历史悠久，自然景观丰富多样，人文景观璀璨夺目。旅游资源不仅数量十分丰富，而且种类也十分齐全。不论南北东西都有引人入胜的美景，不仅有类型多样的海滨、山地、高原、高纬度地区的避暑胜地，还有银装素裹的冰雪世界。我国的地文景观类的旅游资源包括典型地质构造、标准地层剖面、生物化石点、自然灾害遗迹、名山、火山、熔岩景观、蚀余景观与象形山石、沙（砾石）风景、沙（砾石）滩、小型岛屿、洞穴以及其他地文景观；水域风光类旅游资源包括风景河段、漂流河段、湖泊、瀑布、泉、现代冰川以及其他水域风光；生物景观类自然旅游资源包括树木、古树名木、奇花异草、草原、野生动物栖息地以及其他生物景观等。丰富的天象与气候景观类旅游资源为生物界提供了优越的生存栖息环境，使自然景观更加多姿多彩；遗址遗迹类旅游资源为人们了解我国的历史提供了有利的条件；建筑与设施类旅游资源向人们展示了我国古代与现代人们的生活场所；旅游商品类旅游资源和人文类旅游资源样样齐全。所以，类型的多样性是我国旅游资源最主要的特征之一。

2. 旅游资源的高度垄断性

我国拥有数不尽的高垄断性旅游资源。自然奇观方面有：西藏高原上周期性的水热爆炸泉，洱源鸟吊山的万鸟朝山奇景，吉林松花江边的雾凇，一年一度的大理蝴蝶泉的蝴蝶盛会，能发出不同音符鸣叫的峨眉弹琴蛙，每届中秋的钱塘大潮等。人文方面的奇景也丰富多彩，有：长沙马王堆汉墓的完整女尸和大量帛书，满城陵山汉墓的金缕玉衣，丝绸之路上的楼兰古城和众多古迹，徐州的汉墓等；秦始皇陵兵马俑坑和铜车马被誉为世界第八大奇迹；已建成的兵马俑博物馆每年吸引上百万游人；敦煌莫高窟被公认为世界艺术宝库；雄踞凌云山，俯视三江的乐山大佛，坐像高 71 米，体宽 28 米，是世界上最大的石像。这些承载人类智慧的文物古迹成了吸引旅游者回溯历史的最佳场所与载体。

3. 旅游资源的文化与自然综合性

文化与自然的综合性是我国旅游资源的一个重要特点。我国拥有丰富的自然景观旅游资源，加上悠久的发展历史，创造了与自然景观和谐统一的人文景观。我国是古人类的发源地之一，也是世界文明的发祥地之一，流传至今的宝贵遗产构成了极为珍贵的旅游资源，其中许多资源以历史久远、文化古老、底蕴深厚而著称。古老的华夏文明是中华民族各族人民共同的精神财富，是各民族文化融合的结晶，更博采了世界各民族文化之长。中华人民共和国成立以来发现的旧石器时代遗址数不胜数，遍及全国 32 个省、自治区、直辖市。这种自然与人文组合的特质使我国旅游资源具有极高的欣赏价值。

4. 旅游景观的明显季节性

由于我国大部分国土位于季节变化明显的亚热带和温带地区，四季交替明显，景象更迭频繁。虽然自然地域综合体是由多种地理环境要素综合作用而形成的，其中最重要的要素有地质、地貌、水文、气象、气候和生物等，但是在这些要素中，气候的变化往往牵动着水文、生物等其他因素的各种变化，从而对整个景观产生影响。因此，随着季节的变化，自然景观也会发生相应的变化。由于我国地域辽阔，南北跨越多个气候带，因此，旅游景观呈现出明显的季节性。

5. 旅游资源地域差异的显著性

我国旅游资源不仅在数量和类型上十分丰富，而且在空间分布上也具有普遍的广泛性。从东海之滨到西北内陆，从南海礁岛到黑龙江畔，从高原到盆地，从高山到峡谷，从城镇到乡野，都有着丰富的自然和人文旅游资源。尽管我国旅游资源分布广泛，但由于各地自然地理和人文地理环境的差异，使得各地旅游资源亦迥然不同，表现出显著的地域性。我国从北到南分布有亚寒带、中温带、暖温带、亚热带、热带等气候类型；在东西跨度上，从东部湿润的森林带过渡到森林草原带、草原带，最后到荒漠带。并且，由于地质历史作用，我国地质地貌条件复杂。因此，地域的差异性造就了我国旅游资源的独特魅力。

6. 旅游资源的非物质性

二、中国旅游资源的开发利用

1. 旅游资源开发标准化发展

由于我国是发展中国家，各地旅游业的发展不平衡。为了加强旅游资源开发的标准化、规范化，促进我国旅游业的发展，提高我国旅游资源的利用率，加快我国旅游资源开发与国际接轨的步伐，国家旅游局制定了一系列相关标准。规划的制定是旅游开发的一个重要环节，为了提高我国旅游规划工作的总体水平，实现旅游规划的科学性、前瞻性和可操作性，国家旅游局制定了《旅游规划通则》。《旅游规划通则》中要求合理划定保护区的范围和确定旅游容量、日空间容量、日设施容量、生态容量和社会心理容量，并为各类旅游景区的规划设计制定了必须达到的环境质量标准。而且，近几年，国家旅游局还推出了《旅游资源分类、调查与评价》、《旅游厕所质量等级的划分与评定》、《旅游景区（点）质量等级的划分与评定》等标准。这些标准都是针对我国旅游资源开发过程中的主要问题而制定的，它们的推行极大地推动了我国旅游资源开发利用的标准化、规范化、科学化。

2. 旅游产品体系多元化发展

对旅游资源的开发和利用，最终要体现在所形成的旅游产品上。从旅游活动的角度对我国的旅游产品进行分类，可以分为观光旅游产品、度假旅游产品和专项旅游产品。在国家旅游局的倡导下，我国旅游产品开发坚持以市场为导向、以效益为中心、以产品为基础的原则，使得产品结构逐渐完善。旅游产品结构由单纯观光向主题观光、参与性观光发展，开始了度假产品、专项产品的开发；12 个国家级度假区、54 个省级度假区和一批环城市度假设施初具雏形，中国公民休闲度假游开始兴起；专项旅游产品开发也已启动，专项旅游产品倍受旅游者青睐。在开发过程中，注重旅游产品主导性与多样性相结合，逐渐形成了合理丰富的产品体系。从目前情况来看，我国在国际市场上最有竞争力的是观光旅游产品，这将始终是我国旅游产品的主体。度假旅游产品大体上形成了"一二三"式结构：一是以满足海内外度假需求为导向的国家旅游度假区和省级旅游度假区；二是以满足暑期休假休闲需求为主的海滨度假地；三是以满足双休日需求为主的环城市旅游度假设施。有些专项旅游产品已经在市场上形成了相应的规模和影响，如节庆旅游产品、修学旅游产品和探险旅游产品；一部分专项旅游产品如会展旅游产品、奖励旅游产品和游船旅游产品初现雏形；另外一些如生态旅游产品、滑雪旅游产品和温泉旅游产品等专项旅游产品正在逐步向高档次发展。总体来说，我国的旅游产品体系正逐渐完善，并开始向多元化方向发展。

3. 旅游景区规模档次不断提升

旅游景区是中国旅游业四大核心组成部分之一，是旅游六大要素中不可或缺的部分，是重要生产力要素和旅游创汇创收的基础，是旅游者参观游览的目的地，在旅游业中具有重要的地位和作用。全国旅游景区质量等级评定委员会对全国范围内的旅游景区进行质量等级划分与评定的指导工作，该项工作旨在加强对旅游景区的建设和管理，提高旅游景区的服务质量，维护旅游景区和旅游者的合法权益，促进我国旅游资源开发、利用和环境保护。按照《旅游景区（点）质量等级的划分与评定》国家标准，以及依据这一标准制定的"服务质量与环境质量评价体系"、"景观质量评价体系"和"游客意见评价体系"三个细则，将参评景区的级别划分为5A、4A、3A、2A、1A等5个级别。其中，4A级以上的旅游景区是目前国内管理水平高、服务质量好、资源品位优、市场知名度大、影响范围广的旅游景区。全国各地纷纷按照《旅游景区（点）质量等级的划分与评定》国家标准建设和管理旅游景区，优秀的旅游景区不断涌现，使我国旅游景区的档次不断提升。

4. 旅游线路组合精品化发展

旅游线路是旅行社提供给旅游者的旅游产品，旅行社利用旅游交通，将若干旅游景点串联起来，并提供游线全程服务，在市场上以包价的形式推出，获取经济效益，是旅游者完成旅游活动的重要保障。为了满足游客消费需求日趋多元化的现状，为了更好地发挥旅游资源的经济价值，我国推出了以市场为导向，针对不同旅游客源市场需求特点的多样化的多层次化的精品旅游线路。这些线路在海内外具有极大影响力，大大地提高了我国旅游资源的开发价值，凸显了旅游资源作为旅游目的地的重要经济资源的地位。而且我国旅游线路也积极向主题化方向发展，比如修学游旅游线路、健身游旅游线路、自然风情游旅游线路、丝绸之路旅游线路、红色旅游线路等等。旅游线路在筹划上经过精心设计，充分考虑旅游者的利益、旅行社的利益、政府的利益，既突出了自己的特色，又做到了以游客为本。

三、中国旅游资源的保护

1. 中国旅游资源的开发利用机制

在 1978 年以前，我国旅游业以行政接待为主；1978 年以后，根据邓小平同志的指示，旅游业才逐渐发展成为一个产业。经过 20 多年的发展，我国旅游业不断壮大，产业形象日益鲜明，产业规模不断扩大，成为国民经济中发展迅速的行业之一。根据世界旅游组织的统计，到 2004 年年底为止，我国旅游业无论从接待人数还是接待收入等方面都居世界第五位。由于我国地域辽阔，旅游业起步比较晚，地区之间发展不平衡，同时我国市场机制还不成熟，处于体制的转轨时期，以及旅游业自身的特点，因此在发展旅游业中，形成了具有中国特色的旅游资源开发利用机制。这主要包括：

（1）实行政府主导型战略。旅游行业实行政府主导，其完整的表述是：在以市场为基础配置资源的前提下，全面实行政府主导型的旅游发展战略，以进一步加大旅游发展力度，加快旅游发展速度，使旅游业为国民经济的发展做出贡献。

这一战略的形成适应了旅游发展规律。旅游产品具有公共性产品的特点，比如"丝绸之路"、"长江三峡"等跨行政区的旅游线路，已经世界知名，但这些都不可能完全由企业来组合运行，而必须由政府甚至是重要政府部门来运作。从旅游资源开发来说，旅游资源具有垄断性，这些垄断性资源的价值目前大部由政府所有。

同时，由于我国长期实行计划经济体制，很多旅游资源处于被分割的行政块体制中，这种情况不利于旅游资源的开发和管理。仅仅由旅游行政管理部门处理这些问题往往力不从心，实行政府主导型战略，通过政府的协调和权力的重新配制，有利于理顺管理体制，促进旅游资源的开发和保护，促进当地旅游经济的发展。

（2）加强旅游资源开发的标准化、规范化建设。由于我国是发展中国家，处于一个体制转轨时期，各地旅游业发展不是很平衡，在旅游资源的开发中出现了一些普遍性、基础性的问题。加强旅游资源开发的标准化、规范化建设，有利于加快我国旅游资源开发与国际接轨的步伐，迅速在硬件和软件上赶上甚至超过发达国家；有利于加强对旅游资源开发和保护工作。

国家旅游局近年来在旅游资源开发方面提出了 4 个国家标准，分别是《旅游资源分类、调查与评价》、《旅游规划通则》、《旅游厕所质量等级的划分与评定》、《旅游景区（点）质量等级的划分与评定》等，这些标准的推行极大地促进了我国旅游资源的开发利用，也成为具有中国特色的开发利用旅游资源的一个光辉的范例。

（3）加快对旅游资源开发主体的机制创新。旅游景区作为市场经济的微观主体还很不成熟，现在多数情况是机制落后，观念保守。很多旅游资源如风景名胜区、文物点、博物馆、人造景观等隶属不同，不能严格按照企业要求来开发运营并进行市场化操作和管理。因为财力不足，很多不应该作为企业的景点却进行企业化运作，但在机制上又是落后的，在观念上是保守的。也有的景点明确是企业，但又赋予一定的政府职能，尤其是某些大的山岳型景区都是这样的体制，这种体制不能说差，但离形成权责明确、运作良好、管理高效的机制还有差距。在这方面，我们和国际接轨的差距较大，甚至连和国际接轨的意识还没有建立起来。

2. 旅游行业对旅游资源的保护工作成效显著

（1）"资源治理和恢复"工作为旅游资源的保护拉开了序幕。由于历史原因，文物古迹、风景名胜区不但自身遭到了严重的破坏，而且旅游景区所在的城市、周围的环境也遭到了严重的破坏。1973 年的第一次全国环境保护会议，正式确立了我国环境保护工作的基本方针，即"全国规划、合理布局、综合利用、化害为利、依靠群众、大家动手、保护环境、造福人民"的方针。国家旅游局积极响应国家政策，与各个地方联合开展治理行动，治理已经存在的旅游景区污染和被破坏的旅游资源。国家旅游局每年有专款专门用于资助地方整治或重建旅游区。这一系列举措极大地改善了我国主要旅游景区的生态环境质量。

（2）"八五"旅游业发展规划的编制促使旅游资源的保护转向可持续发展道路。1983年12月召开的全国第二次环境保护会议，把环境保护确定为中国的一项基本国策，这说明了我国政府对环境保护事业的高度重视。这项基本国策是指导我国环境保护工作的重大方针政策，推动了我国环境保护事业的发展，使环境保护工作进入了一个新的历史发展阶段。旅游业始终将环境保护作为重要的指导方针，从编制"八五"旅游业发展规划起，一直坚持把保护生态环境、保护旅游资源、实现旅游业可持续发展作为我国旅游业发展的一条重要指导方针。国家旅游局在编制《中国旅游业发展十年规划和第八个五年计划》时，第一次明确提出："旅游资源的开发利用，要做到开发与保护并举。对于那些不会破坏旅游资源的项目，要以开发利用为主，大力开发建设；对于一些稀缺的、不可再生的旅游资源，则应以保护为主，在不破坏资源的前提下，有限度地、科学地开发利用"；"旅游资源的开发利用，要努力做到经济效益、社会效益、环境效益三者的统一"。"八五"旅游业发展规划明确的指导方针，在旅游全行业中发挥了统一思想、协调行动的作用。

（3）旅游资源相关划分和评定标准的制定促进了旅游资源的保护力度。1992年，结合我国进一步改革开放的形势，为了适应经济体制转轨过程中强化宏观管理的需要，国家批准出台了中国环境与发展的十大对策，这也是我国在新形势下进一步强化环境管理的十大对策。而我国旅游业正逐步走上快车道，旅游环境保护工作相应得到了加强。我国在进行旅游景区的开发过程中，充分意识到了旅游规划的重要性。"九五"和"十五"旅游业发展规划进一步强调旅游环境保护工作。国家旅游局制定的《中国优秀旅游城市检查标准》以及由国家旅游局制定、经国家标准主管部门批准颁布的《旅游景区（点）质量等级的划分与评定》国家标准中，关于生态环境保护和防止建设性破坏的内容已成为检查中的重点，有力地促进了各旅游城市和旅游景区进一步重视旅游环境保护工作并加大对生态环境保护的力度，明显提高了各优秀旅游城市和旅游景区的生态环境质量。

四、中国旅游景区行业的形成与发展

中国旅游景区在行业形成过程中，大致经历了四个阶段，即萌芽发展阶段、起步发展阶段、成长发展阶段、快速发展阶段。而现实情况是我国旅游景区发展的不均衡：一些地区在经历了起步发展阶段后，已经进入了成长发展阶段和快速发展阶段；有的景区则仍然处于起步发展阶段。随着旅游业的不断发展，旅游竞争程度不断加剧，旅游景区的数量将会不断增加，质量也会越来越好，景区为了适应激烈的竞争环境，应积极、适时、高效地满足消费者不断变化的需求，所以景区动态的、持续的创新是旅游景区发展的一大趋势；而随着我国经济改革和转型的深入以及地方旅游经济意识的增强，我国旅游景区的产权制度改革必将进一步展开，旅游景区的企业化经营势在必行；未来景区的竞争是品牌的竞争，要想在市场上立足，旅游景区必须打造富含知名度、美誉度、忠诚度的品牌。

1. 旅游景区的萌芽发展阶段——低速发展阶段

在我国旅游景区的雏形是传统园林。传统园林时期，旅游景区的管理实践还仅仅局限于园林的建造，并且造园艺术较为简陋，直到发展后期才出现了较为复杂和系统的造园艺术。这些园林的功能与最初的囿和宫苑相似，均以自然风景观光为主，因此大体上属于同类型的园林。但是能真正享受园林生活的只是社会中的极少数人，如宫苑中的皇宫贵族、私家园林中家财万贯的官僚或富贾或者是那些云游者，普通百姓则没有权利和能力去园林观光。随着时代的发展，旅游景区的类型有了较大程度的变化，除了传统园林外，还出现了供大众游玩的公园。我国最早的公园诞生于上海，为1868年的"公花园"（即现在的黄浦公园）。这些公园与传统的园林相比，在功能上有了较大的拓展，例如在景观营造之余，公园内开始建有大面积的空地，供人们开展各种球类活动和其他体育运动，有的公园还建造了一些基础性的游憩设施。可见，此时的公园已经初具现代旅游景区的雏形。新中国成立后，无论是园林还是名山大川都归人民所有，老百姓享有观赏游览的权力，由于我国那时的经济条件所限，景区的发展是低速的。

2. 旅游景区的起步发展阶段——粗放经营阶段

改革开放以后，我国旅游业迅速发展，同时随着国内人均收入和人均消费水平的不断提高，交通工具的不断改进，国内、国外市场日益扩大。旅游活动的这一系列变化，使得旅游景区得以全面构建起来。为了迎接国内外的游客，我国许多旅游胜地都迅猛发展，竞相进行食、住、行、游、购、娱等相关设施的建设，旅游接待条件已经基本具备，旅游景区开始兴起和发展。其特点主要表现为：首先，以开发自然景区为主。由于当时旅游者的消费能力比较弱，消费观念也比较落后，还满足于"到此一游"的走马观花，在这样的背景下，旅游景区开发也就必然选择了以自然景区开发为主。其次，旅游景区缺乏科学规范的规划。当时的旅游景区的开发重点是资源简单开发、土地粗略规划等，主要目标是景区经济利益的最大化，重视旅游收入、创汇与就业。再次，有的旅游资源破坏比较严重。由于规划工作的滞后，使得旅游资源的破坏比较严重，甚至破坏了景区内原有资源的和谐与美丽。在1978年以后的发展历史中，我国一些地方的发展在一定程度上是以牺牲资源与环境为代价来获得的。由于对旅游者的需求研究不够，对市场把握不够准确，对外宣传、营销工作不够深入，旅游景区经营还处于买方市场的状态。

3. 旅游景区的成长发展阶段——规范经营阶段

随着旅游业的不断发展，特别是20世纪80年代以来，出现了世界性的旅游热潮，现代化的通讯工具和现代化的旅游设施不断完善，而且旅游者的文化素质也不断提高，旅游者的需求向个性化、多样化发展，很多旅游者追求精神放松、康体健身的新型旅游方式。旅游需求和供给市场的相互作用，促成了旅游景区也朝着产品多样化、特色化发展。首先，随着旅游的规模越来越大，旅游活动涉及的范围越来越广，而早期旅游景区开发的主要目标是景区经济利益最大化，这种理念造成的结果是环境恶化、突发事件增加、游客与社区居民关系紧张、游客受广告引导形成畸形消费等等，于是旅游景区的规范开发得到重视，各个旅游景区开始把规划开发工作作为一种宏观的管理手段，保证了旅游景区的良性发展；其次，由于旅游者需求的多样化，经营者除了开发自然旅游景区外，还着手开发人文旅游资源；再次，旅游景区的核心理念从单纯注重经济目标转变为经济、社会和生态三大效益相结合，使得旅游景区环境优化，服务接待设施发展完善、功能齐全，但并没有形成环境保护与经济增长和谐共存的态势，仍然存在环境破坏的情况；最后，旅游景区开始重视形象建设和市场定位，开始运用 CI 策划，并在此基础上进行了多层次的市场营销活动，通过提升旅游品牌价值，扩大了市场占有率。

4. 旅游景区的快速发展阶段——体验经济阶段

1991 年我国推出国家级旅游度假区，在全国选择了 12 个地点发展度假旅游，希望借此推动我国旅游目的地由观光型向观光、度假、商务会议综合型目的地转型；1999 年制定并推广《旅游区（点）质量等级的划分与评定》（国家标准 GB/T 17775 - 1999），根据"服务质量与环境质量评价体系"、"景观质量评价体系"，并参考"游客意见评价体系"对旅游景区进行级别划分，这项措施对景区建设提供了方向性意见；进入 2000 年后，可持续发展理念开始在我国的旅游开发中占据重要地位，尤其是世界遗产管理体系的引入，使我国旅游业的环境与文物保护意识得到了质的提升。再则，旅游者逐渐成熟，人们对于旅游景区的选择不再满足于自然和人文旅游资源这类观光产品，旅游活动形式逐渐向可持续发展和体验式旅游发展，景区旅游发展到创意和活动互动阶段。在体验旅游时代，游客的旅行模式发生了变化，以感受和经历为目的的旅游兴起表明更多的旅游者注重旅游过程中的个人感受，于是迪斯尼、嘉年华体验式旅游景区出现了。旅游景区的快速发展还体现在以下几个方面：首先，景区类型逐渐增多，出现了乡村旅游、农业观光旅游、节事旅游等等，这些旅游景区满足了休憩活动特有的功能——放松消遣、购物、健身等。其次，旅游景区产品向多样化发展，出现了满足游客健康需求的体育旅游；满足游客发展需要的修学旅游；满足游客享受需要的美食旅游等。再次，一些以前没有发掘出来的城市旅游资源初现雏形，如上海的外滩、东方明珠，武汉的外滩等。最后，旅游景区体验式的互动活动逐渐增多。为了满足旅游者的需求，景区不断进行创新，除了发展原有的静态旅游景观外，还增加了许多互动节目，让游客参与其中，体验旅游的乐趣。当然，快乐的游客体验是由新鲜感、亲切感与自豪感构成的，要塑造快乐的游客体验，景区应根据产品的差异性、参与性与挑战性原则配置旅游产品与服务。同时，景区既要为游客创造快乐体验，又要保护地方资源与环境，促进社区长期发展。

五、旅游景区发展与中国旅游业发展的关系

随着现代经济社会的不断发展，人们的旅游需求正在持续快速增长，旅游景区作为旅游资源的聚集地和集中展示地，在整个旅游经济中的作用和地位也更加重要和突出。旅游景区在旅游业发展中的作用较大，哪个地方拥有更多优质的旅游景区，哪个地方就将拥有先发优势和强大竞争力。

1. 旅游景区是旅游业的核心组成部分之一

旅游景区是旅游业发展的基础，也是旅游业发展的主体。首先，构成景区基础的是当地的旅游资源。在很多情况下，旅游景区往往是展现当地旅游资源精华的场所。因此，旅游景区在旅游业中的地位和旅游资源的地位是同等的。其次，旅游业由旅游饭店、旅行社、旅游交通和旅游景区等构成。目前，全国县级以上的自然、人文和人造旅游景区约15000家，旅游饭店7000多家，旅行社7000多家，后两者加在一起是14000多家。毫无疑问，旅游

景区占了一大半。人们对饭店、交通、旅行社产品的需求属于派生性需求，因此，饭店、交通、旅行社对旅游者的来访起着支持或者保障的作用。相比之下，景区产品对旅游者的来访则起着激发或者吸引的作用。人们选择旅游目的地的时候，首先考虑的因素就是旅游景区的特色与丰度状况，其次再考虑交通、住宿等其他配套设施的完善情况，故而人们对旅游景点的需求就构成根本性需求。再次，在旅游的六大要素——食、住、行、游、购、娱中，其中"游"是旅游的核心内容，旅游者出门旅游，就是因为有旅游景区存在，其他要素都是因为"游"而引起的，所以说旅游景区是旅游业的核心组成部分。

2. 旅游景区是旅游业获得经济效益的前提

旅游业经济效益的取得过程，从旅游活动的过程可以知道：旅游者从旅游活动开始就需要被提供旅游服务，包括旅游咨询、参观游览、康乐健身、交通食宿、娱乐购物等等，都要支付费用，旅游业因此也就获得经济效益。而旅游地经济收入的大小主要取决于该地所能提供的旅游景区、旅游设施、购物场所和各种服务的能力，其中以旅游资源为核心的旅游景区是影响该地旅游收入的最重要的因素。旅游者进行旅游行为，主要是受旅游资源的吸引，也就是说，如果没有旅游资源的吸引，旅游者是不会去该地旅游的，而且某地旅游资源愈丰富，愈有特色，愈会吸引更多的旅游者前往旅游，该地的旅游收入也就愈多。当然，旅游设施与各种旅游服务的完善程度将影响到该地的旅游接待能力和旅游者的消费程度。但是如果没有旅游景区，就算有再好的旅游设施和旅游服务也是无源之水，无本之木，可见旅游景区是旅游业获得经济效益的前提。

3. 旅游景区是塑造旅游业良好形象的窗口

在市场经济条件下，各地的发展都要树立自己的品牌，形成自己的亮点，而比较容易达到目标的途径之一，就是旅游景区。旅游景区是地方形象的突出代表，是城市的名片。例如，有人知道武夷山，但是很少有人知道南坪市；有人知道泰山，但是很少有人知道泰安市。很多地方，为了增加地方的名气，纷纷改为旅游景区的名字，以此来促进地区经济的发展。通过旅游景区的发展，来带动地方的全面发展，起到积极的推动作用。再则，发展旅游景区的目的之一是弘扬地方文化，特别是文化遗产地，不仅仅是民族文化展示的舞台，还是民族文化保护的载体。例如，八达岭长城、故宫、颐和园、三星堆遗址等等，无不展示着人类的文明，凝聚着劳动人民的杰出智慧。总之，旅游业是综合性的行业，涉及到很多领域，一个地方旅游景区的发展可以展示当地的形象，人们常常通过打造旅游精品景区来打造地区的品牌。

4. 旅游景区是发展旅游业的重要物质基础

作为旅游业的重要支撑，旅游景区与旅行社、旅游饭店、旅游交通共同构成了旅游业发展的四大支柱。旅游的主题是观赏和体验，如果没有观赏的内容和体验的场所，旅游便无从谈起。我国幅员辽阔，历史文化悠久，旅游资源丰富，构成了许多精品旅游区。如果没有这些旅游景区，就不会有旅游者前来旅游，没有旅游者，就不能构成旅游需求市场，而且如果没有以旅游景区为核心的旅游产品，也就无法进行宣传促销，那么，旅行社就没有客源，建造的宾馆也就只能是没有人光顾的空中楼阁，整个旅游业就无法生存。因此，旅游景区是旅游者旅游的目的所在。

总体编
Zong ti bian

第一章　中国旅游景区发展综述

旅游景区是指以景观为主要吸引物的旅游活动场所。旅游景区是旅游者参观游览的目的，是旅游吸引力的根本来源，是旅游目的地形象的重要体现。中国旅游景区是展示我国历史悠久的民族文化和当代精神文明建设成果的窗口，是我国旅游业重要的生产力要素和旅游创汇创收的基础。我国旅游景区的发展水平，直接关系到中国旅游业的总体形象和国际竞争力。

一、旅游景区已形成我国旅游业的半壁江山

多年以来，我国旅游景区的开发建设、管理和保护得到了各级政府和相关部门的重视，取得了重大成就，一大批高质量、高品位、高水平的旅游景区享誉海内外，成为中国旅游业发展的生力军和国际旅游形象的重要组成部分。截止 2005 年 1 月，我国已有各类旅游景区 2 万家左右，其中，A 级旅游景区 1401 家，国家重点风景名胜区 177 个，国家自然保护区 154 个，国家森林公园 565 个，国家地质公园 105 个，工农业旅游示范点 306 个，列入《世界遗产名录》的自然文化遗产 31 个，旅游景区已形成了旅游业的半壁江山。自然景区、人文景区、旅游度假区、主题公园、工农业科技旅游景区等各种类型的旅游景区构成了我国观光、休闲度假和专项旅游相结合的较完整的产品体系，为建设世界旅游强国奠定了较为坚实的基础。

二、旅游景区数量、类型不断增加，质量持续提升

近年来，我国旅游业呈现出蓬勃发展的势头，旅游业对社会发展、地方

经济的积极作用日益增强，各级地方政府对发展旅游业的重视程度日益提高，对旅游资源的开发力度进一步加大，从而形成了一批又一批新的旅游景区，景区类型也日益丰富。除了新开发的以传统旅游资源（自然资源、人文资源等）为依托的观光休闲景区外，还不断涌现出各类与我国现代化建设相关联的现代旅游产品和旅游景区，如生态旅游、工农业旅游、科教旅游、会展旅游、康体旅游、温泉旅游、滑雪旅游等。

随着我国旅游景区在数量上的快速增长，景区的质量在设施、环境和服务等方面都得到了提高和加强。近年来国家旅游局推行的 A 级旅游景区质量标准，进一步增强了旅游景区在规划、管理、服务以及环境保护、文化特色等方面的精品意识和品牌意识，从而使景区质量和档次大大提升。

三、旅游景区的综合效益日益显著

随着我国旅游业的快速发展和景区的不断完善，旅游景区在给地方带来不断增加的经济效益的同时，其社会、环境、文化等综合效益也日益显著。特别是近年来随着经济结构转型和就业问题的突出，旅游景区因其综合性强、就业容量大、就业方式灵活等优势，在拉动就业、增加农民收入、带动服务业发展、帮助传统行业寻求新的增长点等方面发挥出越来越重要的作用。2004 年全国 468 家景区的抽样统计分析结果显示，我国 A 级景区平均每个景区吸纳就业人数为 201 人（包括固定员工和临时员工），带动社会就业 328 人，带动社会就业总收入 465.72 万元，带动社会就业人均年收入 1.42 万元，充分证明了景区在拉动就业、增加当地居民收入等方面的重要作用。

在当前构建和谐社会的时代要求下，旅游景区在传承中华民族优秀文化、改善社区居民生活环境、促进地方经济社会的可持续发展等方面的积极作用，也受到越来越多的关注。

四、旅游景区管理体制逐步完善，经营不断创新

由于我国各类传统景区大多还担负着科研、保护等职能，景区所占用的资源又分属不同部门管理，因此大多数景区的管理体制以公有制为主，分属建设、文物、林业等不同的部门管理。在市场经济体制下，这种传统的景区管理体制已经不能适应旅游生产力发展的要求，也不利于新形势下的旅游资源和环境保护工作。因此，近年来旅游景区的体制创新在政府层面、旅游行业和学术界都备受关注，各方面都为此积极探索和实践，涌现出一系列的体制创新模式。景区体制和机制创新的目标是要按照现代法人治理结构的要求，建立一个责权明晰、激励有力、约束有效的各利益相关者利益兼顾的机制。随着景区现代产权制度的建立，景区的管理体制和运行机制将逐步朝着更加科学规范、更加适应改革和发展要求的方向前进。

同时，随着旅游业的发展和旅游市场竞争的日趋激烈，旅游景区的经营也在不断创新。根据游客需求的变化，各旅游景区不断寻求自身与竞争对手的差异，追求民族化、地方化和独特化，满足游客对差异的索求，以形成自身的特色。同时深入挖掘自身的文化内涵，整合多方面的资源，努力形成旅游景区的品牌，提高景区的竞争力和吸引力。

五、旅游景区经营效益不断提高，自我发展能力不断增强

我国景区的传统体制使得很多景区以前缺乏经营发展的内在动力。作为旅游供给的一个重要方面，与饭店、旅行社等其他旅游企业相比，旅游景区的管理体制相对落后，现代化程度相对较低，内部经营效益也相对较差。近年来，随着市场经济的要求，景区也越来越重视经营和自我发展，自身效益逐步提高。对 2004 年全国 468 家 A 级景区的抽样统计分析显示，我国旅游景区平均年营业收入达到 1744.79 万元，其中门票收入 809.36 万元，实现利润 118.76 万元；人均创收 6.82 万元，人均创利 0.74 万元；旅游景区平均年收入利润率为 6.81%，实现了较好的经营效益。

第二章　中国旅游景区发展情况分析

改革开放以来，我国旅游业得到了飞速的发展，取得了令人瞩目的辉煌成就。作为旅游业四大支柱之一的旅游景区也发展迅猛，据不完全统计，目前全国共有各种类型的旅游景区、景点、主题公园15000多家。截止到2005年1月，全国共有 A 级旅游景区1401个，其中4A 级旅游景区486家，3A 级旅游景区173家，2A 级旅游景区648家，1A 级旅游景区94家。旅游景区是旅游业的重要生产力要素，是广大旅游者外出旅游的源发性动机所在。中国加入世界贸易组织后，国际旅游市场需求的持续增长，促使我国旅游景区的发展更加迅速，旅游资源的开发与利用将会进一步加大，我国各类旅游景区的数量还会不断增多。

第一节　中国旅游景区的主要类型和经营模式

一、中国旅游景区的主要类型[①]

中国旅游资源丰富，旅游景区类型多样，其内容涉及工业、农业、经贸、科教、军事、体育和文化艺术等多个领域，从不同的角度出发旅游景区

[①]　参见张凌云主编的《旅游景区景点管理》，以及国家旅游局 2005 年 7 月出台的《旅游景区质量等级评定管理办法》中对旅游景区的分类。

可以有不同的分类方法：

第一，按旅游景区经营权的不同，可以划分为政府经营型旅游景区、企业经营型旅游景区和政企共营型旅游景区等；

第二，按景区等级，可以划分为世界级旅游景区、国家级旅游景区、省级旅游景区和地市级旅游景区；

第三，按旅游景区的开发特征，可以划分为经济开发型旅游景区和资源保护型旅游景区；

第四，按景区资源的属性，可以划分为自然景观旅游景区、人文景观旅游景区、现代游乐景区、历史遗产景区、旅游休闲度假区和节事庆典等六大类。

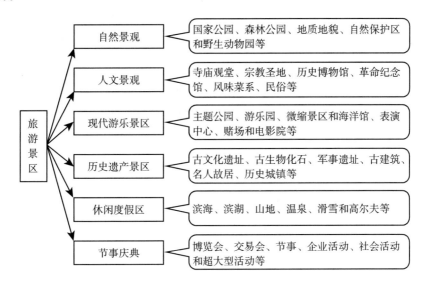

旅游景区的分类还有许多别的分法，且现有的分类结果也不是绝对的，这些现有的分类随着旅游业的不断发展和景区产品的不断改造完善将会发生一定的变化，景区资源的性质和类别归属也会随着景区的发展得到改变。

二、中国旅游景区的主要经营模式①

中国旅游景区的经营模式划分依托以下四个方面的因素：一是旅游景区经营主体的市场化程度；二是旅游景区经营主体的所有制性质；三是旅游景区及其经营主体的行政隶属关系；四是旅游景区的所有权、经营权、资源保护权和开发权之间的权属关系，根据这四个方面，中国旅游景区的经营模式主要可以分为以下六种：

1. 旅游景区复合经营模式

旅游景区复合经营模式实施的是非企业经营模式，经营主体是景区管理机构。该复合经营模式又分为兼具旅游行政管理的网络复合经营模式和兼具资源行政管理的复合经营模式，两者的不同之处在于前者是景区管理机构与当地旅游局合并，而后者则是景区管理机构与当地某一资源主管部门合并。在该模式中，景区管理机构对外兼具所有权、经营权、开发权和保护权，"四权"统一，而内部却在管理职能、经营职能、开发职能和保护职能上由不同的部门或机构承担，该模式是我国早期的景区经营管理模式，它将在旅游景区的不断发展与国际化接轨中逐渐被淘汰。

2. 旅游景区自主开发模式

旅游景区的自主开发模式也是由景区管理机构作为其经营主体的一种非企业经营模式。该模式中，景区的经营权、管理权、开发权和保护权互不分离，景区管理机构既是景区所有权的代表，又负责景区的经营、开发和环境保护。根据景区管理机构隶属的不同部门，该经营模式又可分为隶属旅游主管部门的自主开发模式和隶属资源主管部门的自主开发模式，前者景区主管部门隶属于当地旅游局，而后者则隶属于当地建设、园林、文物等旅游资源

---

① 中国旅游景区的主要经营模式主要引用彭德成《中国旅游景区治理模式》一书。

管理部门。在这一模式中，旅游景区的经营主体总体上以市场为导向，以谋求旅游景区的发展为自己的主要目标。

3. 旅游景区国有企业经营模式

旅游景区国有企业经营模式又可分为隶属于国有旅游企业集团的旅游整合开发经营模式、隶属于地方政府的国有企业经营模式和隶属于政府部门的国有企业经营模式。三种经营模式的共同特点是旅游景区的经营主体均是国有全资企业，而不同之处则是所有权分别隶属于相应的国有企业集团、当地政府和政府的有关部门，国有企业经营模式的最大特点是旅游景区的所有权和经营权是分离的，而资源开发权与保护权则是统一的，景区经营企业既负责景区资源的开发，又负责景区资源的保护。

4. 旅游景区整体租赁经营模式

旅游景区整体租赁经营模式是将旅游景区的所有权和经营权分开，由政府统一规划，授权一家企业较长时间地（不超过50年）对旅游景区实施控制和管理，该企业可以组织一方和多方主体对景区进行投资，成片租赁开发，垄断性建设、经营和管理，并按约定比例由景区所有者、出资者和经营者共同分享经营收益。旅游景区整体租赁经营模式是一种市场化经营公共资源的模式，该经营模式的主要特征是景区的所有权和经营权有效分离，且由政府统一规划，对企业实行经营监督，而企业则长期进行垄断性经营，负责景区的开发与保护，并向景区管理委员会上缴景区租赁费，政府和企业各司其职，相互制约。该模式是20世纪90年代末期在中西部旅游资源充足而经济发展水平落后的地方率先产生并发展起来的，已得到了不断的完善。

5. 旅游景区股份制企业经营模式

旅游景区股份制企业经营模式是在旅游景区开发建设和经营管理资金不足的情况下产生的，是旅游景区为了筹集景区的开发建设资金，对景区进行股份制改造，是由整体租赁经营发展而来的经营模式，即政府委托股份制企业独家经营旅游景区，或在景区经营企业的基础上新组建一家股份制公司，所有权归景区管理机构所有，但景区管理机构只行使景区经营与资源保护的监督管理权，或授权股份制企业较长时间地独家经营该旅游景区，而股份制公司则负责景区旅游资源的开发使用和经营管理，承担景区的开发、经营和保护职能，并向景区管理机构上缴租赁经营费用。该经营模式的主要特征是所有权和经营权完全分离，开发与保护部分分离，从社会筹集大量资金进行景区的开发，对景区实行垄断的股份制经营和管理。

6. 旅游景区上市公司经营模式

旅游景区上市公司经营模式是在股份制企业经营模式的基础上发展起来的，旅游景区经过股份制改造上市后，受景区管理机构的委托，代理景区内的一切经营业务，对旅游景区实施垄断性经营。与股份制企业经营模式相比，上市公司经营模式是典型的所有权、经营权、管理权和保护权"四权"分离、各尽其职的模式，它能够在较短的时间内募集大量社会资金为旅游景区经营管理所用，同时进行垄断经营，各职能部门相互监督，有效治理旅游景区，使旅游景区的经营管理更为规范化、企业化和市场化。

第二节　A 级旅游景区标准和评定情况及近年旅游景区发展成就

国家旅游局从 1996 年开始着手编制管理旅游景区的标准，1999 年 6 月 14 日由国家质量技术监督局颁布了《旅游区（点）质量等级的划分与评定》（国家标准 GB/T17775—1999）在此后几年的评定工作中，旅游景区评定工作积累了大量的经验。为进一步促进我国旅游景区的发展，总结景区评定工作的经验，国家旅游局按照景区发展的实际情况，对该标准进行了修改。2003 年 5

月 1 日，国家质量技术监督检验检疫总局（原国家质量技术监督局）颁布了经修订后的《旅游景区质量等级的划分与评定》（GB/T17775—2003），新标准在划分等级上和各级划分条件上都做了一定的修订。2005 年 7 月 6 日国家旅游局又下发了新的《旅游景区质量等级评定管理办法》，并于 2005 年 8 月 5 日起施行。

一、标准的目的、作用和主要内容

1. 制定标准的目的①

制定标准的主要目的是为了加强我国旅游景区的经营管理，改善旅游景区的服务质量，提高我国旅游景区的企业竞争力，维护旅游景区和旅游者的合法权益，促进我国旅游资源的合理开发、利用和环境保护。

2. 实行标准的作用

该标准的出台无论是对旅游景区，还是对广大的旅游消费者以及对旅游环境的保护和维护旅游业的可持续发展，都有着重要作用。其一，对旅游景区来说，质量标准加强了景区的品牌和质量保证，对旅游景区的开发利用以及经营管理活动实施了有效的监督和指导，增强了中国旅游景区的吸引力和国际品牌形象；其二，对旅游者来说，它有效地保护了旅游消费者的合法权益，旅游景区的质量标准是从旅游消费者的角度出发，对景区的环境、质量、秩序和安全等方面制定相应的标准和规范，维护了消费者的利益，因此有着极大的向心力和权威性；其三，它能促进旅游环境的保护，该标准将对我国旅游景区开发建设中存在的景区环境破坏问题实施有效的监督和管制，甚至杜绝破坏性开发、破坏性建设、污水排放和垃圾泛滥等现象，有效地促进旅游景区的健康发展；其四，该标准对促进我国旅游业的可持续发展也起

---

① 引用《中国旅游区（点）概览》，国家旅游局政策法规司。

到很好的作用，它顺应市场经济发展的要求，增强了我国旅游业的国际竞争力，是市场经济发展内在规律的要求，对我国旅游业实现 2020 年建设"世界旅游强国"的目标起到了重要作用。

3. 标准的主要内容

《旅游区（点）质量等及的划分与评定》标准适用于接待海内外旅游者的我国各种类型的旅游景区。凡在中华人民共和国境内，正式开业从事旅游经营业务一年以上的旅游景区都可申请参加质量等级评定。旅游景区质量等级共划分为五级，从高到低依次为 5A、4A、3A、2A、1A 级旅游景区。景区评定标准主要涵盖如下一些内容：

（1）旅游交通、旅游景区游览以及旅游服务提供方面。旅游交通要有较好的可进入性，交通设施完善，高级公路、高级航道、车站码头等布局合理规范，与景观环境要协调；旅游景区内有功能齐全的游客设置中心，有美观便利的引导标识，优秀的导游员，旅游购物场所规范，布局合理；景区内邮电通讯设施一应俱全，通讯方便；景区内的游览配套设施齐全，设计精美。

（2）旅游景区安全、景区旅游环境方面。旅游景区的安全，绝对保证严格执行公安、交通、劳动、质量监督、旅游等有关部门制定和颁布的安全法规，消防、救护等方面设备齐全、安全有效，突发事件应急处理能力极强；旅游景区环境整洁、卫生，各类场所达到 GB9664 规定的要求，餐饮场所达到 GB16153 规定要求，游泳场所达到 GB9667 规定要求，公共厕所布局合理，设计规范方便；旅游资源环境保护合理，空气质量、噪声质量、地面环境质量、自然景观保护等均达到国家有关标准和规定，景区环境氛围优良，各项设施设备符合国家关于环境保护的要求。

（3）旅游景区经营管理方面。旅游景区管理体制健全，经营机制有效，旅游质量、旅游安全、旅游统计等各项经营管理制度健全有效，贯彻措施得力，并定期检查监督，管理人员配备合理；旅游景区拥有正式批准的总体规划，开发建设符合规划要求；同时景区拥有自己独特的产品形象、良好的质量形象、鲜明的视觉形象和文明的员工形象等等。

（4）旅游景区资源质量方面。旅游景区要有吸引力，有观赏游憩价值，或是历史价值、文化价值、科学价值等；景区有市场吸引力，有一定的知名度和美誉度，市场辐射力强，旅游景区年接待国际、国内旅游者人次数要达到一定的标准，游客抽样调查满意度也应有一定的满意率。

总之，为了加强旅游景区质量等级评定工作的组织与管理，根据《旅游景区质量等级评定办法》，国家旅游局已成立了全国旅游景区质量等级评定委员会，负责全国旅游景区质量等级评定的组织指导工作，并具体负责评定全国 5A 级和 4A 级旅游景区。各省、自治区、直辖市旅游局相应设立了地方旅游景区质量等级评定机构，负责本地区旅游景区质量等级评定工作，具体负责本地区 3A 级、2A 级和 1A 级旅游景区的评定，并向全国旅游景区质量等级评定委员会推荐本地符合条件的 5A 级和 4A 级旅游景区。旅游景区质量等级的标志、标牌、证书由国家旅游行政主管部门统一规定，全国旅游景区质量等级评定委员会负责颁发。

二、评定的总体情况

截止到 2005 年 1 月，全国共有 A 级旅游景区 1401 家，具体情况介绍如下：

全国 A 级景区统计表（截止到 2005 年 1 月）

年　份	4 A	3 A	2 A	1 A	总　计
2000 年	187				187
2001 年	230	108	213	42	593
2002 年	360	167	463	63	1053
2003 年	443	173	648	94	1358
2004 年	486	173	648	94	1401

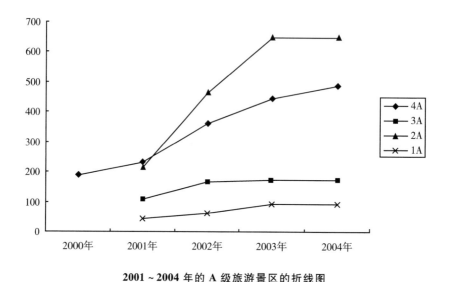

2001～2004 年的 A 级旅游景区的折线图

从上面的两个图表中，可以看到我国 A 级景区的总体情况如下：

1. A 级旅游景区总数量增长很快

从图表中可以看到，我国旅游景区自 2000 年实施评定标准以来，从 2000 年到 2003 年 A 级旅游景区的数量增长很快，虽然历年之间的相对增量在逐渐减少，但是总的绝对数量确是逐渐增加的，其中 2002 年是 2001 年的 2 倍，2003 年比上一年增长近 30%，仅 2004 年的增长幅度相对较小。这一方面说明我国旅游资源的丰富，另一方面也说明评定标准受到社会各界的认可，正在逐步规范景区服务质量和环境质量。

2. 各等级景区增长幅度不一

从上述图表中可见 2A 级旅游景区逐年的增长幅度最大，4A 级景区、1A 级和 3A 级旅游景区的增长幅度相对较小。一方面中等级别的旅游景区和高质量的旅游景区相对较多，我国的旅游资源不仅数量丰富，而且质量也较好；另一方面说明了我国旅游景区的质量和水平还有较大的增长空间，众多2A级旅游景区可以通过质量提升和品牌营造向3A级甚至4A级方面发展，而3A级景区通过景区的进一步规划建设、提升内涵和打造文化等方式向4A级方向发展。随着逐步启动5A级景区的评定，我国的旅游景区的总体质量将会有新的提升。

3. 中国 A 级景区发展前景可观

中国旅游景区有着很可观的发展前景，从图表中我们可以看到我国的许多2A级、3A级和4A级景区可以通过进一步的规划建设和经营管理向更高等级景区发展；我国的1A级景区的增长幅度较小，说明我国的很多旅游景区或者还未参与等级评定，或者还未开发出来。如今，西部大开发的脚步正逐步扩大，我国中西部地区还有很多丰富的旅游资源未经开发和建设，因此，未来中国的旅游景区还有很大的发展前景，我国旅游景区质量等级评定工作任重而道远，在未来中国旅游景区的发展过程中将扮演重要的角色。

三、评定以来景区服务及自身经营业绩等方面的进展情况

自2000年年底首批国家等级旅游景区评定以来，旅游景区质量等级评定工作得到各级政府的高度重视，在各级旅游景区的共同努力下，取得了显著的成效。全国各地旅游景区在服务质量和环境质量上都有了显著的提高，旅游景区评定工作正在一个积极而良性循环的轨道上顺利进行，旅游景区 A级品牌的影响力越来越强。

1. 在景区服务质量方面

首先，我国旅游景区在服务质量上都有了很大的提高，上岗人员培训率显著增加，绝大部分 A 级景区的员工培训合格者方能上岗。在景区企业内，中高级以上管理人员具有大学以上文化程度的逐渐增多，景区导游人员素质普遍增强，此外在很多景区内积极构建学习型组织，从而保证景区员工的服

务水平达到标准要求；其二，景区的经营管理水平有了很大的提高，景区的管理体制更加健全，经营机制更加合理有效，各项管理措施的落实更加具体；其三，旅游景区的旅游吸引力不断增强，良好的景区形象和品牌营造为我国旅游景区带来了世界知名度和美誉度，景区主题鲜明，特色突出，我国旅游景区的国际竞争力得到了不断加强。

2. 在景区建设方面

《旅游区（点）质量等级的划分与评定》标准的出台，带来了旅游景区规划建设更加科学化和规范化，景区功能布局更为合理；安全保卫制度的制定和进一步贯彻落实极大地降低了景区的安全隐患；在标准的指导下，我国大多数旅游景区内的公共服务设施更加齐全完好，交通、机电、游览、娱乐等设备设施均有了很大的改善，且技术含量不断提高，为旅游者带来了更大的便利；另外，旅游景区的环境保护也有了很大的改进，自然景观和文物古迹保护手段更加科学，措施更加先进，能更有效预防自然的和人为的破坏，维护了自然景观和文物古迹的真实性和完整性；景区的空气质量、地面垃圾和污水排放等问题均引起了景区的足够重视；环境等管理更加标准化，景区发展更加注重细节，如景区导览系统、垃圾箱、公用电话、游客休息设施与环境更加协调。景区的面貌焕然一新，使游客的满意度不断提高。

3. 旅游经营业绩方面

自全国开展 A 级旅游景区评定以来，旅游景区环境不断完善，软硬件水平不断提高，带来了旅游人数和收入不断增长，全国各地的 A 级旅游景区经营业绩逐年攀升。和硕县金沙滩旅游景区自评为国家 3A 级景区以来，2000 年金沙滩旅游景区年接待旅游人数达 24 万人次，比 1996 年翻了 7.8 番，旅游收入占全县 GDP 的 10%；2001 年金沙滩旅游人数达到 26 万人次，增长 11.2%，旅游收入 3283 万元，较上年增长 64.16%，成为当地经济的支柱产业；山东省济南市有 5 家景区获国家 A 级景区称号，2002 年，全市共接待国内外旅游人数 1022.7 万人次，比上年增长 21.0%，旅游总收入 78.7 亿元，比上年增长 28.4%；4A 级风景名胜区武夷山自 2000 年以来，景区旅游收入和旅游人数分别以两位数的幅度增长，2004 年，景区旅游人数达 73.55 万人，同比增长 24.8%，全市境外旅游人数达 13.78 万人，同比增长 3.45%，收入 1.5 亿元，同比增长 34.6%，成为武夷山市重要的支柱产业。这样的事例在全国各地不胜枚举，另外，从 2000～2004 年我国入境旅游的经济指标上也可看到我国 A 级旅游景区评定对旅游业带来的积极影响：

2000～2004 年我国入境旅游的经济指标

指　　标	2000 年	2001 年	2002 年	2003 年	2004 年
入境旅游人数（万人次）	8344.39	8901.29	10802.8	9166.2	10904
旅游外汇收入（亿美元）	162.24	177.92	203.9	174.1	257
国内旅游收入（亿元）	3124	3522.36	3877.9	3442	4711
国内旅游人数（亿人次）	1.26	7.84	8.78	8.7	11

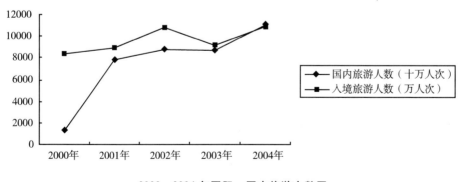

2000～2004 年国际、国内旅游人数图

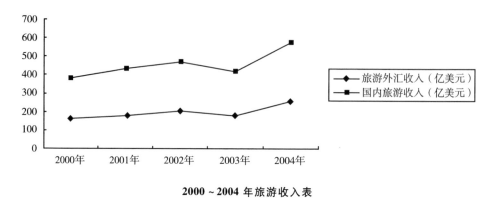

2000~2004年旅游收入表

从上述图表中可以看到，从 2000 年到 2004 年，排除"非典"的不利影响，我国旅游业的国内、国际旅游人数以及国内和外汇旅游收入都有了一定幅度的增长，当然这不全是旅游景区评定工作所带来的结果，但是却从一定程度上反映了我国旅游景区质量总体水平的提高。从图表中可以看到，旅游外汇收入的增长率不及入境旅游人数的增长率，这说明了我国旅游景区的发展水平还处在起步阶段，在留住顾客刺激旅游消费方面还有待更大的发展，未来中国旅游景区在引导游客消费方面还有较大的发展，景区经营业绩将会逐年提高。

第三节　目前中国旅游景区发展总体情况分析

一、中国旅游景区的发展现状

1. 中国东、中、西部地区旅游景区的发展水平不一致

中国旅游景区近年来的发展和进步是有目共睹的，自从国家旅游局出台

了《旅游景区质量等级评定办法》，我国旅游景区无论是在旅游服务质量方面，还是在经营管理水平上都有了很大提高，旅游环境保护也得到很大的加强。但是，目前我国旅游景区的发展在地理区位上呈现东部发展快，中、西部较为落后的局面。这与地方经济发展有着一定的关系，旅游景区的开发需要大量的资金进行规划和建设、需要大量的优秀人才进行经营和管理，东部地区曾受到国家政策的优待，经济发展迅速，也带来大量的资金、技术、人才等的汇聚，这些优越的条件使得东部地区的旅游景区的发展水平也相对较高。如今"西部大开发"和"中部崛起"的战略正在实施，中西部地区蕴涵着大量独特的旅游资源，旅游景区未来的发展面非常广阔，发展前景相当可观。

2. 传统型旅游产品是现有中国旅游景区的主要特色

中国旅游景区大多数都是传统的自然观光型旅游产品，如大山大河、文化遗产、历史遗迹、自然观光等，而现代旅游产品则不多。虽然近年来我国旅游景区的发展取得了较大成就，但是以传统型产品为主的特色也带来了中国景区的重复性建设，产品雷同，资源破坏的现象。因此，中国的旅游景区要增强竞争力，更快地发展，就需要注入新的元素，需要对景区的开发建设进行创新，需要从旅游产品中体现出中华多民族文化的特色、丰富产品的内涵增加科技含量。此外，我们在充分发展利用中国丰富的旅游资源，继续大力发展中国传统型产品的同时，也要注重现代旅游产品的开发，主题公园、各类专项旅游景区的建设将会层出不穷，旅游景区势必向多元化方向发展。

3. 旅游景区的经营管理水平和盈利能力有待进一步提升

我国旅游景区的经营管理水平和盈利能力近年来逐步提高。一方面是因为旅游景区的划分评定标准的出台促进了中国旅游景区建设管理的规范化；另一方面是由于中国旅游景区管理层不断引进国外先进的景区经营模式和先进的景区管理技术，加强了旅游景区的经营管理，从而促使我国的旅游景区无论是在规划建设、品牌打造和市场营销方面，还是在景区的人才培养、服务质量与经营业绩等方面都有了很大的进步，景区的游客满意度逐年提高，景区的旅游收入稳步增长，景区的可持续发展能力也逐渐增强。然而，我们在肯定旅游景区发展的同时，也应该看到我国旅游景区与国外先进旅游景区之间存在的差距，我们的景区企业还未形成规模，景区的开发、建设与管理仍然存在着许多问题。因此，未来中国旅游景区还有很长的路要走，我们必须秉持科学发展观理念，通过各种方式全面带动旅游景区的经营管理水平和盈利能力。

4. A 级景区评定标准在未来中国旅游景区的发展中将继续发挥重大作用

A 级景区评定标准自出台以来，在促进我国旅游景区的发展上起着举足轻重的作用，并将发挥更大的作用。目前，中国旅游景区的发展还处在起步阶段，中西部地区大量旅游资源还有待开发，我国现有的旅游景区产品仍以传统型旅游产品为主，旅游景区的开发建设和经营管理仍然需要评定标准引导，总体上我国旅游景区的发展水平与国外优秀的旅游景区相比存在的差距将会随着评定标准的贯彻实施逐渐缩小，未来我国 A 级旅游景区评定标准将继续发挥重要作用。随着我国旅游景区的不断发展，该标准也会不断根据实际发展的需要进行一定的修订。未来中国旅游景区将继续按照该标准的要求进行规划建设和经营管理，并以此为标准，打造中国优秀旅游景区，努力提升我国旅游景区的质量和档次。

二、景区经营发展情况分析

根据对 468 家 A 级景区（其中 4A 级景区 146 家，3A 级景区 109 家，2A 级景区 188 家，1A 级景区 25 家）进行的抽样统计，汇总分析出 2004 年我国旅游景区的经营发展情况如下：

1. 总体情况

全国 A 级景区接待经营情况良好。2004 年，468 家 A 级景区共接待游客 22555 万人次，平均每个景区接待游客 48.2 万人次；实现营业收入 81.66 亿元，其中门票收入 37.88 亿元，共创利润 5.56 亿元；平均每个景区营业收入 1744.79 万元，门票收入 809.36 万元，创利 118.76 万元。

468 家 A 级景区资产总额为 363.28 亿元，有固定员工 5.55 万人，临时员工 3.83 万人，平均每个景区资产总额为 7762.48 万元，固定员工规模为 119 人，临时员工规模 82 人，总体上属于中等规模。以固定员工加临时员工的二分之一为员工总数计算的人均拥有资产额为 48.66 万元，人均创收为 6.82 万元，人均创利为 0.74 万元。人均创利水平不高。总体上看，旅游景区仍然属于劳动密集型行业。

2004 年 468 家 A 级景区共带动社会就业 15.33 万人，带动社会就业总收入 21.80 亿元，平均每个景区带动社会就业 328 人，带动社会就业总收入 465.72 万元，带动社会就业人均年收入 1.42 万元。这说明旅游景区具有较强的就业拉动能力，平均每 1 个直接就业可以带动 3 个间接就业。

2. A 级景区规模化分析

从不同等级来看，A 级景区的资产规模和员工规模与景区等级高低呈现明显的正比例，从 4A 到 1A，景区资产规模和员工规模逐级下降。4A 级景区的平均资产规模为 2 亿元，固定员工规模为 272 人，属于大中型。而其中中部地区的 4A 级景区规模最大，平均资产规模为 5.43 亿元，固定员工规模为 453 人；其次是东部地区，资产和人员规模分别为 1.48 亿元和 263 人；西部地区最小，分别为 0.97 亿元和 169 人，体现出我国大型风景区主要集中在中部地区的特点。3A 级景区的平均资产规模为 2855 万元，员工规模为 77 人，其中东部地区最高，分别为 4657 万元和 95 人，其次是西部地区和中部地区，资产规模分别为 2248 万元和 1332 万元，固定员工规模分别为 36

人和 72 人，说明东部地区拥有较大规模的、中高档次的传统景区和新型景区。2A 级景区的平均资产规模为 1877 万元，1A 级景区的平均资产规模为 1443 万元，都大大低于 4A 级景区，仅大致相当于二星级饭店以下的水平，属中小型，固定员工规模也大大低于 4A 级和 3A 级景区，分别为 36 人和 20 人。

而以不同类型的景区划分，现代游乐景区和自然景区的规模最大，平均资产规模分别为 1.19 亿元和 1.08 亿元，平均固定员工规模分别为 133 人和 152 人，其中现代游乐景区的人均拥有资产额在各类景区中最高，为 73.26 万元，这说明现代游乐景区在各种类型的景区中资金密集程度较高，而自然景区的资产规模大则主要由于面积大、范围广、占有资源多；旅游度假型景区的资产规模最小，人均拥有资产额最低，分别为 4041.53 万元和 36.65 万元，反映出我国度假型旅游产品发展还不成熟，总体投资水平和资金密集度都不高；工农业科技旅游景区的员工规模最小，平均为 79 人，反映出这类景区经营灵活的特点。

3. A 级景区接待情况分析

从不同级别和不同地区景区的接待情况来看，景区的年接待游客量从高级别向低级别逐级减少。4A 级景区年平均接待游客 116 万人次，其中东部地区为 150 万人次，中部地区为 68 万人次，西部地区为 61 万人次；3A 级景区年平均接待游客 26 万人次，其中东部地区为 38 万人次，中部地区为 18 万人次，西部地区为 14 万人次；2A 级景区年平均接待 14 万人次，其中东部地区为 12 万人次，中部地区为 17 万人次，西部地区为 15 万人次；1A 级景区年平均接待游客 7 万人次，其中东部地区为 3 万人次，中部地区为 22 万人次，西部地区为 5 万人次。4A 级和 3A 级景区的年接待游客量从东到中到西呈现明显的梯度差，体现出我国主要旅游景区越往东部，市场驱动型特点越突出；越往西部，资源驱动型特点越突出。而中部地区的 2A 级和 1A 级景区的年接待游客量都较高，则反映出中部地区旅游业呈增长势头，有许多新兴的景区正逐步占据市场。

从不同类型景区的接待情况来看，现代游乐型景区年平均接待游客量最大，为82.9万人次；其次是自然景区和人文景区，分别为54.85万人次和51.33万人次；工农业科技旅游景区和旅游度假型景区则较少，分别为22.46万人次和22.34万人次。而从4A级景区接待入境游客的情况看，人文景区年接待入境游客最多，为7.28万人次；其次是现代游乐型景区和自然景区，分别为4.68万人次和4万人次；旅游度假型景区和工农业科技旅游景区则相对较少，分别为1.79万人次和1.37万人次。说明我国旅游景区拥有的旅游资源中对外国人具有较大吸引力的仍然是我国悠久的历史文化和壮丽的自然山川以及新开发的现代游乐产品，而旅游度假型产品和工农业科技旅游产品目前的主要客源市场仍然是国内游客。

4. A级景区收入情况分析

从不同类型景区的营业收入和门票收入情况来看，现代游乐型景区、工农业科技旅游景区和自然景区的年平均营业收入较高，分别为2395.21万元、2287.29万元和2139.55万元；人文景区和旅游度假型景区的平均年营业收入较低，分别为1434.79万元和1368.95万元；现代游乐型景区的年平均门票收入最高，为1623.95万元，旅游度假型景区的年平均门票收入最低，为341.2万元。从门票收入占营业收入的比重来看，现代游乐型景区和人文景区较高，分别为68%和66%，说明这两类景区的营业收入主要以门票收入为主；而旅游度假型景区和工农业科技旅游景区较低，分别为25%和14%，说明旅游度假型景区和工农业科技旅游景区的综合性经营程度和综合收入水平较高。

从不同级别景区的收入情况来看，景区年营业收入和门票收入随级别降低而呈现明显的下降趋势：4A级景区的年平均营业收入为4456万元，门票收入为2242万元；3A级景区的年平均营业收入为770万元，门票收入为346万元；2A级景区的年平均营业收入为406万元，门票收入为70万元；1A级景区的年平均营业收入为229万元，门票收入为19万元。

从不同地区的景区收入情况来看，年平均门票收入从东到西依次递减，分别为 1005.76 万元、637.79 万元和 555.5 万元；而年平均营业收入则是中部地区最高，为 3493.34 万元，其次是东部地区，平均年营业收入为 1718.56 万元，西部地区最低，为 897.8 万元。从门票收入占总收入的比重来看，西部地区最高，为 62%；中部地区最低，为 18%。这体现出中部地区景区以风景区度假型景区为主，综合收入高的特点；而西部地区 4A 级景区仍然是资源垄断型，综合开发程度较低，营业收入以门票收入为主的特点。

5. A 级景区经营效益情况分析

主要通过游客人均消费、员工人均创收、人均创利、景区收入利润率等几个指标进行效益分析。

从游客人均消费情况来看，全国 A 级景区人均消费为 36.2 元，人均门票价格为 16.79 元，4A 级景区的门票平均价格仅为 19.39 元，总体水平不高。一方面说明我国旅游景区的经营目前总体上还是规模扩大型增长模式，集约化程度不高，景区在经营上还有较大挖掘潜力；另一方面也反映出许多传统景区还存在着大量的免票接待游客和优惠接待游客的客观现实。

从员工人均创收和创利情况来看，全国 A 级景区人均创收为 6.82 万元，人均创利为 0.74 万元，劳动生产率水平属于中等，还有较大挖掘潜力；从不同级别的情况来看，人均创收与景区级别呈明显的正比例关系，体现景区规模与档次对收入影响较大，但人均创利则是 1A 级景区最高，其次是 3A 级景区和 4A 级景区，与级别没有明显的相关关系，说明景区劳动生产率水平与景区规模、服务水平和档次的关联性不大；从不同地区的情况来看，东部和中部的人均创利水平高于西部，反映出西部地区旅游景区的经营效益仍然落后于东部和中部的现实；从不同类型景区的情况来看，现代游乐型景区的人均创收能力最强，为 14.75 万元，旅游度假型景区和自然景区的劳动生产率水平较高，人均创利分别为 0.96 万元和 0.87 万元。

从利润率水平来看，全国 A 级景区的营业利润率平均为 6.81%，总体不高。营业利润率水平与级别的相关性也不明显，不同地区之间的平均水平相差也不大。在不同类型景区中，自然景区和旅游度假型景区的营业利润率较高，分别为9.12%和7.77%，而现代游乐型景区最低，为3.35%。

6. A级景区就业带动情况分析

从不同级别景区的情况来看，带动就业人数和收入基本上呈现逐级递减的趋势，4A级景区带动社会就业人数平均为955人，带动社会就业人均年收入为1.47万元；3A级景区带动社会就业人数平均为72人，带动社会就业人均年收入平均为1.08万元；2A级景区带动社会就业人数平均为30人，带动社会就业人均年收入为0.61万元；1A级景区带动社会就业人数平均为11人，带动社会就业人均年收入为0.78万元。

从不同地区来看，东、中、西部地区平均带动就业人数分别为644人、643人和286人，带动社会就业人均年收入分别为0.6万元、1.13万元和1.53万元。

从不同类型景区来看，传统景区带动就业能力较强，人文景区和自然景区平均带动社会就业人数分别为476人和369人；新型旅游景区带动就业能力较弱，旅游度假型景区、现代游乐景区和工农业科技旅游景区平均带动社会就业人数分别为115人、74人和40人；带动社会就业人均年收入水平各种类型景区差别不大，都在1.1万元至1.7万元之间。

第四节　中国旅游景区发展趋势

一、动态化持续创新趋势

旅游业的迅速发展，特别是我国加入世界贸易组织，景区的竞争会越来越激烈，旅游业对旅游景区的要求越来越高；消费者需求的多样化，促使旅游景区不断创新，动态化的创新已成为旅游景区发展的趋势。旅游景区的创新发展包括经营理念的创新、管理体制的创新、产品开发的创新、项目规划的创新和人才培养的创新。

经营理念的创新。传统的旅游景区开发思想受到保护观念的束缚，使旅游景区的开发过于封闭，没有形成大规模、大动作和大项目。因此在开发理念上，进一步解放思想、革新理念，以可持续发展观为指导，保护景区环境，以达到社会效益、生态效益、经济效益协调发展。

管理体制的创新。景区管理水平的高低，直接影响到旅游市场的开拓和旅游业的发展。由于我国大多数景区的管理沿用的都是计划经济时代的管理体制，存在管理机制不顺、管理观念落后、管理手段落伍等问题，所以管理体制创新是景区发展的一大趋势。

产品开发的创新。景区要保持持久的竞争力，就要根据市场需求不断推出新产品，以适应旅游者不断变化的需求；加强现有旅游资源整合，更新老产品，设计开发新产品，挖掘文化内涵，培育旅游精品，逐步形成观光、休闲、度假、会展、生态、文化及商贸等多元化旅游产品结构。

项目规划的创新。在项目开发上要以市场为导向，在深入市场调查的基础上，选准项目开发的主题、形式和风格，定准客源市场，力求新开发的旅游景区项目具有"新、奇、特"等特点，具有持续的市场竞争力，实现"开发一项，成功一项"，使景区开发步入良性发展轨道。

人才培养的创新。景区的各项建设和管理，归根到底要靠高素质的人才（力）来执行，在我国旅游市场逐步国际化的大环境下，对旅游管理人才的要求也愈来愈高。旅游业作为一个朝阳产业和综合性服务产业，要求旅游从业人员不仅具有较高的文化水平和业务技能，同时需要特别具有人文精神，具备服务至上、积极进取、奋发热情、勇于拼搏、乐于奉献等道德素质。

二、景区企业化经营趋势

随着我国经济改革和转型的深入以及地方发展旅游经济意识的增强，我国旅游景区的产权制度改革必将进一步展开，旅游景区的企业化经营势在必行。旅游景区开发是我国旅游业中开放最晚的，继 2001 年 2 月，四川省旅游局宣布出让九寨沟森林公园等 10 大著名旅游景区及 100 多个景点的经营权后，时隔数月，井冈山、鹰潭市也向国内招商引资，欲分期出让经营权。同年 8 月，滕王阁的收购计划最终将旅游景点经营权出让的争议引向高潮。2001 年新出台的《国务院关于进一步加快旅游业发展的通知》中明确提出，要鼓励多种经济成分参与旅游业发展，有计划、有步骤地吸引外资和港澳台资参与开发旅游资源。在 9 号文件的指导下，在加入世界贸易组织后国内旅游行业美好前景的感召下，将会有更多的外资和社会资金投入到景区开发上来。目前出让经营权的方式有很多，主要有租赁经营、委托经营以及买断、拍卖等，具体操作没有统一范本或标准，一般由各地自行界定，因此也不可避免地存在诸多问题。例如，因对景区资源价值缺乏客观判断而导致出让过程中被低估，以及由此伴生的"寻租"行为等不法现象；因监督机制不健全而出现的民营企业获得经营权后不进行合理开发，以及圈地现象等。在我国加入世界贸易组织的承诺中，到 2003 年，外商可以在我国投资景区，旅游景区（点）可以对外资实行转让经营、出租经营、委托经营等新模式。因此不管是从我国旅游景区发展的需要还是从面临的大环境出发，都有必要进行旅游景区管理体制的创新，切实做好旅游景区所有权与经营权的分离工作，制定相应的保障措施和监督制度，加强政府对旅游景区规划监督和职能部门监管的力度，使旅游景区经营权的出让确实能够促进旅游景区的开发，并在一定程度上制止旅游景区的经营行为对生态环境和资源造成的破坏。

三、旅游景区品牌化趋势

在竞争激烈的旅游市场中，品牌就是景区的核心竞争力，好的品牌是旅游景区的无形资产，它可以为景区树立良好的形象，保障其市场不断扩张。在景区发展过程中，品牌化趋势是大势所趋。旅游景区品牌构成的关键要素包括优势旅游资源、旅游活动项目、标准化人性化的服务。

塑造景区优势资源。旅游景区优势资源就是景区内标志性的观赏物。它是景区旅游产品中最为突出、最具有特色的景观部分，是旅游景区赖以依附的对象，是旅游景区经营中招徕游客的招牌，是景区旅游产品主要特色的展示。景区不仅靠自身独有的特质来吸引游客，还要有一个良好的形象塑造和宣传才能起到应有的引力效果。这个特色进一步打造就可以形成景区的品牌，进而形成旅游市场的名牌。

打造特色旅游活动项目。旅游景区活动项目是指结合景区特色举办的常规性或应时性供游客或欣赏，或参与的大、中、小型群众性盛事和游乐项目。景区活动的内容可以是非常丰富的，如文艺、体育表演与比赛，民间习俗再现，各种绝活演艺，游客参与节目，寻宝抽奖等等。这些活动不仅是景区旅游产品的一部分，而且还可作为促销活动的内容。旅游景区特色活动能使游客的旅游感受更有趣味性，使旅游服务的主题更加鲜明和更有吸引力。

标准化、人性化的景区服务。旅游景区产品表达形式尽管多种多样，但其核心内容仍是服务。服务的特点就是它的提供与消费常常处于同一时间段，每一次服务失误就是一个不可"回炉"修复的废品。景区服务，都要以最大限度满足游客需要为宗旨，以游客为本。

四、旅游景区生态化趋势

21 世纪，国际旅游市场的竞争将日趋激烈，国内旅游市场的需求也将不断增大，人们对旅游产品的需求也将更加多样化，对旅游产品质量的要求将越来越高，旅游者将更加注重对环境保护的要求。旅游景区的生态环境较为薄弱，旅游景区开发会对其生态环境造成一定影响，如果开发不当的话，则会对景区的生态环境造成重大破坏，特别是对人文类的旅游景区来说，还会对文物等具有科研、考古价值的资源造成破坏。所以，景区旅游生态化发展是一大趋势。生态化旅游实质是旅游的生态化发展，它包括思想观念、旅游产业和旅游产品、旅游地等方面的内容。而旅游景区生态化发展包括景区建设生态化、景区运营生态化。旅游景区开发建设的生态化能在长期内有效保护景区资源，为景区的长远发展奠定基础。现代景区在开发建设全过程中都体现出绿色化的特点，主要表现为绿色规划、绿色建材以及绿色项目。景区运营生态化是指在景区日常经营管理过程中，大量采用生态环保型的设施和能源，并在游客管理上注重环保教育与宣传。此外，旅游景区还日益注重对旅游者的环保教育，如美国著名的黄石公园就对旅游者进行全程环保教育，在旅游者到达旅游景区前为其提供景区环保信息，在公园门口工作人员为旅游者分发公园行为手册及环保注意事项。此外，在旅游景区内主要景点还设立专门的工作人员负责对旅游者的行为进行教育。

第三章　中国旅游景区发展的
机遇和挑战

第一节　中国旅游景区发展潜力巨大

一、从需求上看，中国拥有最大的客源市场，经济持续发展，消费潜力巨大

1. 国民经济持续稳定健康发展，人均可支配收入日益提高

改革开放 20 多年来，尤其是党的十三届四中全会以来，改革开放逐步向纵深发展，社会主义市场经济体制初步建立，经济建设成就显著，社会生产力、综合国力和人民生活水平明显提高，国民经济保持了持续、快速、健康发展。

国内生产总值（GDP）从 1978 年的 3624 亿元增加到 2004 年的 136515 亿元，按可比价格计算，年均增长率为 9% 左右。1989 年至 2004 年间，国内外曾出现过不利于经济稳定发展的因素，但中国经济发展仍保持较高速度，年平均增长 9% 左右，大大领先于世界 3.2%、发达国家 2.7% 以及发展中国家 5.2% 的速度，也超出亚洲新兴工业化国家 5.8% 的速度，成为世界上发展最快的国家之一。

我国是一个人口大国，人均收入水平一直很低。但随着经济总量的扩

大，改革开放 20 多年来我国的人均 GDP 水平也提升较快。按照世界银行的三年平均汇率方法计算，1978 年我国的人均 GDP 只有 190 美元，1999 年达到 780 美元，由低收入国家首次跨入中等收入国家行列。2000 年已升至 840 美元，2003 年，我国人均收入实现 1087 美元。

根据世界旅游业发展的规律，当人均收入达到 1000 美元时，国内旅游就会兴旺起来；当人均收入达到 1000～2000 美元后，度假旅游市场会真正形成；当人均收入达到 3000 美元时，就会出现到周边国家旅游的热潮；当人均收入达到 5000 美元时，就会更多地追求周游世界。2003 年，我国人均收入已经跨越 1000 美元关口，国内旅游实现了快速增长。"十一五"期间，是我国人均收入持续增长的时期，为旅游业的发展提供了庞大的市场需求。

2. 全面建设小康社会，人民群众物质文化需求日益增长

小康生活是几千年以来中国人孜孜以求的理想生活，随着国民经济的迅猛发展，城乡人民收入和生活水平连续上了几个大的台阶，消费结构和消费环境发生了明显变化，城乡居民生活总体上实现了由贫困到温饱再到小康的历史性跨越，正在向全面建设小康社会迈进。

居民收入水平不断提高。1957 年，城镇居民人均可支配收入为 235 元，农村居民人均纯收入 73 元。2000 年，城镇居民人均可支配收入为 6280 元，比 1957 年增长了 25.7 倍；农村居民人均纯收入为 2253 元，比 1957 年增长了 29.8 倍。

随着居民收入的较快增长，居民手中的钱袋子越来越鼓了。1952 年城乡居民储蓄存款年末余额 8.6 亿元，2000 年猛增到 64332 亿元，增长了 7400 多倍；人均储蓄存款由 1.5 元猛增到 5082 元。也就是说，2000 年全国每 17 万人的年末储蓄存款余额就相当于 1952 年全国的储蓄存款余额。

居民消费水平大幅提高。1952 年每人每年消费水平为 76 元，2000 年为 3415 元，剔除价格因素，实际提高了 6 倍多。消费结构基本改变了多年来以吃、穿等生存资料为主的单一格局。城镇居民和农村居民用于吃、穿的开支占全部生活费支出的比重分别由解放初期的80%和90%下降为2000年的49.2%和54.9%。随着收入的增长，城镇居民生活消费也发生了巨大的变化。1989年以前属于供给式消费向温饱型消费发展的模式，1989年以后则是由温饱型消费向小康型消费的发展过程。2001年，城镇居民人均消费支出5309元，比1989年增长3.4倍，比1981年增长10.6倍。消费结构发生明显变化。

随着人民生活水平的提高、闲暇时间的增加以及交通的发展，我国国内旅游经历了20世纪80年代从不提倡到提倡的转变，到了20世纪90年代，特别是1998年12月中央经济工作会议确定把旅游业作为新的经济增长点以后，旅游业开始大力发展。"十五"时期，以假日旅游为重要支撑，国内旅游进入了大众化消费的新阶段。从1999年"十一"到2004年"十一"，黄金周旅游人数由4000万人次快速攀升至超过1亿人次，假日旅游带动了国内旅游发展。2004年国内旅游人数达11亿人次，我国居民平均出游人次率（简称为出游率）为84.8%。这在一定程度上表明，在我国初步实现小康目标以来，旅游进入大众化阶段，开始成为全面建设小康社会的重要内容。

中国在全面建设小康社会的进程中，实现了经济的快速增长，未来较长时间经济发展仍然处于平稳的上升期。在建设小康社会与和谐社会的目标下，人民整体生活水平将得到显著提高。据国家统计局分析，我国人均消费从目前到2020年将以每年10.8%的速度递增，新的消费高峰就要来临。居民消费将由实物消费为主走上实物消费与服务消费并重的轨道，旅游将是消费升级的主要收益行业之一。我国人口基数大，随着人均收入水平稳步提高，人们的旅游消费倾向增加，再加上不同收入层次的居民旅游消费的升级，将给我国景区的发展带来巨大的市场和发展契机。

二、从供给上看，中国拥有一流的旅游资源

1. 旅游资源类型多样，品位高

中国是世界上旅游资源最丰富的国家之一，资源种类繁多，类型多样，

具备各种功能。中国拥有类型多样、富有美感性的、不同尺度的风景地貌景观，这在世界上是独一无二的。从海平面以下155米处的吐鲁番盆地的艾丁湖底，到海拔8844.43米的世界第一高峰——珠穆朗玛峰，绝对高差达8999米。中国不仅有纬向地带性的多样气候带变化，还有鲜明的立体气候效应，尤其在横断山脉地区，即所谓"一山有四季，十里不同天"。中国不论南北东西都有繁花似锦的美景，不仅有类型多样的海滨、山地、高原、高纬度地区的避暑胜地，而且还有银装素裹的冰雪世界，以及避寒休闲度假胜地海南岛。多样的风景地貌和多功能的气候资源，为生物界提供了优越的生存栖息环境，使自然景观更加多姿多彩。

不论是从旅游资源供给的角度还是从旅游消费的角度看，中国拥有世界旅游活动的各种资源和要素，可以开发出适合现代旅游趋势的各种旅游产品。很少有国家像中国这样具有如此多样和复杂的旅游资源系统，这一方面是由于中国的国土辽阔，地质复杂，气候多样，另一方面也与中国历史悠久、文明发达有关。资源种类的丰富度和多样性是中国旅游资源的一大重要特征。

中国旅游资源不仅种类多样，而且每种资源的积淀丰厚，拥有各种规模、年代、形态、规制、品类的资源特征。不论是古代建筑、古城遗址、帝都王陵、禅林道观、园林艺术、民俗风情，还是自然山水风景、海湖河流、山川原野，都多姿多彩，不可胜数，其资源之丰厚足以位于世界各国前列。以花岗岩山景为例，既有节理发育又经风雨剥蚀塑造的，以奇峰怪石、辟天摩地而著称的黄山；也有因断层发育使巨大花岗岩体突兀凌空，以险称绝的华山；还有因花岗岩主峰特性而导致球状分化，由其形成的造型奇异的各种小尺度的风景地貌散见各地。

中国是古人类的发源地之一，也是世界文明的发祥地之一，流传至今的宝贵遗产构成了极为珍贵的旅游资源，其中许多资源以历史久远、文化古老、底蕴深厚而著称。古老的华夏文明是中华民族各族人民共同的精神财富，既是各兄弟民族文化融合的结晶，又吸取了世界各民族文化之长。中华人民共和国成立以来发现的旧石器时代遗址数不胜数，遍及32个省、自治区、直辖市。云南开远小龙潭的古猿化石分属于森林古猿和腊玛古猿；云南禄丰石灰坝发现的古猿化石，据测定距今已有800万年历史。在众多的古人类遗存中，以元谋人历史最早（距今170万年），周口店龙骨山的古人类遗物最丰富，龙潭洞猿人化石的一具头盖骨最完整。中国旅游资源的古老性还表现在，远在数千年之前，中国的先人就开发和发明了一系列的工艺精美、构造宏大的建筑，在世界文明史上留下了辉煌的一章。仰韶文化、半坡遗址、安阳殷墟、咸阳秦城、京杭运河、万里长城、秦兵马俑坑等，无不以历史悠久闻名天下。人文方面的奇景更是丰富多彩：秦始皇陵兵马俑坑和铜车马被誉为世界第八大奇迹，已建成的兵马俑博物馆，长沙马王堆汉墓的完整女尸和大量帛书，江陵凤凰山汉墓保存完好的男尸，满城陵山汉墓的金缕玉衣，丝绸之路上的楼兰古城和众多古迹，徐州的汉墓，都成为吸引旅游者回溯历史的最佳场所和珍品。

2. 政府对发展旅游业高度重视

2003年，温家宝总理、吴仪副总理强调要"把旅游业培育成为中国国民经济的重要产业"。从地方来看，全国已有24个省区市把旅游业定位为支柱产业、先导产业或重要产业。十五期间在政府主导作用进一步加强的同时，工农兵学商媒、城市乡镇村空前关注、重视和投入旅游业，全社会办旅游的大旅游格局基本形成。这表明，全社会旅游意识和能力大大增强，形成了有利于旅游业发展的宏观环境。

1998年，旅游业被确立为国民经济新的增长点，步入了快速发展的阶段。2004年，全国旅游总收入达6840亿元，相当于全国GDP的5.02%。同时，旅游业也成为外资看好的行业。改革开放以来，外资投入旅游930亿元，旅游业对社会就业的促进和带动作用更加显著。2003年，我国旅游直接从业649万人，间接从业3244万人，从业总人数为3893万人，占全国就业总数的5.2%。

1991 年以来，我国国际旅游加速增长，这集中表现在入境过夜旅游者人次、特别是旅游外汇收入的增长上。到 2004 年，我国入境过夜旅游人数 4176 万人次、创汇 257 亿美元，分别居世界第 4 位和第 7 位。出境旅游市场异军突起，出境市场的比重越来越大。出境旅游人数与国内旅游人数的比例从 1995 年的 0.72%，提高到 2004 年的 2.62%；出境旅游人数与入境旅游总人数的比例也从 1995 年的 9.75%，提高到 2004 年的 26.46%。入境和出境旅游快速发展，使中国加快了从旅游资源大国到亚洲旅游大国、再到世界旅游大国的转变，开始从世界旅游大国迈入世界旅游强国的历程。随着我国经济、文化和政治的进一步崛起和国际交往的发展，我国国际旅游将继续持续高速增长，逐步向世界旅游强国迈进。这意味着"十一五"时期及其以后一段时间内，我国旅游将在规模进一步高速扩张而成为世界第一的同时，国际旅游产品和服务品种、结构、质量以及体制将逐步达到世界先进旅游国家和地区的水平。

经过"十五"时期的发展，我国已经形成了较为庞大的旅游产业规模，相对综合配套的产业结构，大、中、小旅游企业构成趋于合理的产业组织，现代技术与传统技术并存的二元产业技术体系，较丰富多样性的产品结构，更为有效的产业空间布局，一个规模巨大、结构优化、组织合理、技术先进、布局有效、具有竞争力的现代化旅游产业体系初见端倪。

3. 景区投资回报率较高

根据《中国旅游年鉴》统计得出的数据，近年来，与纳入统计范围的旅行社、星级饭店以及其他旅游企业相比，旅游景区在利润率、人均利税等财务效益指标上都名列前茅。如 2003 年旅行社实现利润率 1.66%，人均利税 0.54 万元，星级饭店利润率 -3.32%，人均利税 0.15 万元，旅游景区利润率达 9.86%，实现人均利税 1.20 万元。

与其他行业相比，旅游景区投资回报率也处于较高水平，对资本具有较强吸引力。

三、国际上影响不断加大

1. 中国在国际上的影响力不断加大，引起世界的不断关注

随着中国对外开放的深入，国际游客对中国人和中国文化有了更多的了解，加上旅游目的地社会文化环境不断得到改善，这将吸引越来越多的国际游客来中国旅游。入境旅游的持续增长，增进了世界人民对中国的了解，显示了我国改革开放的巨大成就，展示了中国作为安全而有魅力的旅游目的地国家的形象。同时，中国公民出国旅游目的地国家（ADS）开放进一步加快，出境旅游的快速发展，成为近年来我国发展双边交往的重要内容。中国公民出国旅游目的地国家（ADS）的开放，也在全球形成了关注中国市场、聚焦中国的良好效应，强化了中国在世界的美好形象。旅游在国家的政治外交、经济贸易、文化交流以及对港澳台工作中都发挥了积极作用。

20世纪80年代末以来，随着改革开放和经济发展以及环太平洋经济圈的崛起，我国与全球、特别是亚太国家和地区的经济联系不断加强，积极参与全球和区域合作成为我国经济外交的重要举措，这给旅游业发展带来更多的机遇。

首先，中国加入世界贸易组织有利于旅游业发展。2001年我国正式加入世界贸易组织。作为世界贸易组织成员，我国积极履行入世开放时间表及相应承诺，各行业迅速、稳妥、分阶段地融入世界贸易体系，目前已进入入世后过渡期。中国加入世界贸易，不仅经由各行各业开放联动效应为旅游业发展提供有利环境，而且为旅游业对外开放和发展提供了条件和动力。入世以来，旅游业开放进程明显加快。1988年泰国成为对中国公民开放的第一个旅游目的地国家和地区。作为入世以来我国旅游业加快对外开放的重要标志，对中国公民开放的旅游目的地国家和地区近年来迅速扩张，呈现出速度空前、规格空前、影响空前的特点。截止2005年9月15

日，经国务院批准的中国公民出国旅游目的地国家（ADS）总数达到 109 个，实施的有 76 个。

其次，中国积极参与区域合作为旅游业发展创造了有利环境。1991 年中国加入亚太经济合作组织（APEC），并始终积极全面参与各项事务；2001 年，中国、俄罗斯联邦、哈萨克斯坦、吉尔吉斯斯坦、塔吉克斯坦、乌兹别克斯坦六国签署了《上海合作组织成立宣言》，宣布"上海合作组织（SCO）"成立；2002 年，中国和东盟 10 国共同签署了《中国—东盟全面经济合作框架协议》（简称《框架协议》），确定到 2010 年建成中国—东盟自由贸易区。这标志着中国与东盟的经贸合作进入了一个新的历史阶段。根据《框架协议》，2003 年正式启动中国—东盟自由贸易区。2003 年 6 月 29 日，中央政府与香港特区政府签署《内地与香港关于建立更紧密经贸关系的安排》。10 月 17 日，中央政府与澳门特区政府签订《内地与澳门关于建立更紧密经贸关系的安排》。10 月 7 日中日韩签署《中日韩推进三方合作联合宣言》，建立了中、日、韩三国长期合作的制度保障。2005 年中国台湾国民党、亲民党和新党主席应中国共产党邀请访问祖国大陆，海峡两岸交流与合作进入新的阶段。由于亚太区域包括了我国旅游服务贸易的主要国家和地区，中国积极参与区域合作的战略将十分有利于旅游业的发展。

2. 中华文化的复兴和发展

我国正在跨入中等收入水平国家行列，已经成长为全球第七大经济体。随着国力显著增强和在世界格局中的地位和作用不断上升，中华文化正在进入伟大复兴，党和国家高瞻远瞩、因势利导，已经提出"让中华文化走向世界"，把文化复兴作为国家战略。这意味着中华文化正在且必将进一步成为吸引日益广大的各国人民的注意力、影响日益广大的世界人民心灵的极核之一，意味着了解和体验中华文化将成为国内外人民旅游中国的更加强大的吸引物。从市场促销来看，随着国家文化复兴战略的实施，政府势必集中一些资源，采取一系列举措，如政府已开始资助在世界各地设立 100 多个孔子学院，在联合国设立"孔子教育奖"等，来弘扬和传播中华文化，这正在成为中国旅游市场促销的无形力量。从旅游吸引物角度来看，文化复兴也将为中国旅游品质的提升增添光彩。

第二节　中国旅游景区发展面临的主要问题

一、管理体制问题

1. 旅游资源多头管理，条块分割，产权主体缺位

我国旅游业起步较晚，基本上是从 20 世纪 80 年代才开始进入旅游经济发展阶段。而在此之前，我国政府已经根据景观资源的特点及保护价值的不同，对这些资源的管辖问题进行了划分，由不同部门管理，强调对资源的保护，如风景名胜区归建设部门；林场和国家森林公园归林业部门。自然保护区也根据不同特征归不同部门管理，如以林牧为主要特征的自然保护区归林业部门，以海洋为主要特征的自然保护区归海洋部门；以地质遗存为主要特征的自然保护区归地质部门（现归国土资源部门）；有些自然保护区归环保部门，文物古迹归文物或文化部门；开展宗教活动的寺庙归宗教部门；水库湖泊归水利部门。

我国旅游景区名义上归国家所有，实际上中央、省、市、县和乡各级政府及其部门都能出面操作，往往在一个景区内，建设、文物、林业、水利、旅游等多部门插手管理。不同部门管理的理念和方向各不相同，直接导致旅游景区宏观规划与微观发展出现无序状态。

行政事业性管理，产权主体缺位，目前我国旅游景区多数属于行政事业性管理，景区的经营权、所有权、管理权和监督权归同一行政部门所有，形成实际上的产权主体缺位。

2. 国家投入有限，资源保护力度不够，景区融资渠道狭窄

景区开发，尤其是落后地区景区的初步开发需要大量的资金投入，用于配套水、电、交通、通讯等基础设施建设，景区内部的游览设施的建设，保护体系的建立都需要大量的投入。导致景区初步开发或加强保护工作力度时，地方与国家的基础设施建设、配套服务无法满足景区发展的内在需求，建设初期出现建设起点低，低级开发，环境破坏严重等现象。

景区开发融资渠道狭窄，一方面一些地方与景区管理部门把希望单纯寄托在国家加大投入、增加投资上去，但国家投入往往无法满足景区开发与保护的内在需求，另一方面大量的社会资本由于景区经营管理具有较高的回报率，想投资景区苦于缺乏有力的融投资平台。

3. 行业指导与管理手段单一

目前国家对资源保护与开发实行多头管理，而且大多以保护为主，对资源开发、景区发展大多持否定态度或管理方式单一，指导力度不够。

目前对旅游景区开发建设规范和引导的主要手段是 A 级景区评定工作。1999 年 6 月 14 日由国家技术监督检验检疫总局颁布了由国家旅游局制定的《旅游景区质量等级的划分与评定》，在此后几年的评定工作中，旅游景区评定工作积累了大量的经验，促进了我国旅游景区的发展。

但是一些国有旅游资源的经营开发缺乏有力的指导与管理，特别是经营权转让后，需要一个合理的机制来保证景区的开发与管理实现保护与开发的双重目的，维护资源所有方与经营方的合法权益。

4. 资源开发与保护相应法规与标准不健全

国家有关部门虽制定了一系列环境保护的法律、法规，但我国的旅游业尚没有自己专门的旅游环境保护法，我国政府 1985 年才将旅游业作为国家重点支持的一项事业，正式纳入国民经济和社会发展计划，旅游业在我国还

处在初期发展阶段,因此,关于环境保护虽然在立法上做了许多工作,但在法律、法规的监督执行方面却缺乏健全管理。旅游区大多数基础建设项目,没有按照规定程序办理有关环境保护手续,有的虽然办理了有关环境保护手续,但没有相关部门的配合把关,流于形式。

改革开放以来,我国已颁布、实施的旅游市场法律法规40多个。在旅游资源方面,我国并没有专门的旅游资源保护法,与旅游资源保护有关的法律法规主要散见于国务院的行政法规和林业、文化、环境保护、城市规划、矿产、水利等部门的部门规章中。主要有:国务院颁布的《风景名胜区管理暂行条例》(1985年)、《自然保护区条例》(1994年)、《森林和野生动物类型自然保护区管理办法》(1985年)、原林业部制定发布的《森林公园管理办法》(1994年)、《森林法》、《环境保护法》、《城市规划法》、《矿产资源法》等法律中对风景名胜区保护所作的规定,《文物保护法》及其《实施细则》、《水下文物保护管理条例》、《地质遗迹保护管理规定》等法律法规中对文化遗迹保护所作的规定。各地方也结合各自特点制定了一些地方性法规。上述各项法律、法规从不同角度规定了旅游资源的开发、利用和保护问题,但同旅游业的蓬勃发展趋势相比,旅游资源立法明显滞后,呈现诸多不足,使旅游资源遭到极大破坏,从而威胁了旅游业的持续发展能力。

5. 规划滞后,制定好规划不能很好地贯彻实施

近年来,各方面认识到了规划对于景区建设的指导意义,加强了景区规划制定工作,从各方面对景区规划制定给予支持,有些地方甚至花重金聘请国内外著名专家编制景区规划。但是缺乏有力的监督保证机构与机制,规划编制完成后由于种种原因很少实施,导致景区的保护与开发没有科学依据,处于无序混乱的状态,给景观质量与景区环境带来了影响与破坏,失去了指导和约束开发行为的功能。

二、经营机制方面的问题

1. 经营管理方式单一，市场化程度不高

虽然一些地方已经开展景区经营权转让、景区上市等多种治理方式的有益尝试，但是总体来说，景区的经营管理方式较为单一，以行政事业管理为主，多种经营方式的扩展受到方方面面的局限，并且其本身制度并不完善，正处于尝试与探索的过程中。

2. 管理人才缺乏，管理服务水平参差不起，人员素质低，保护意识差

一流的景区必须具有一流的管理与服务人才，建设高水平的景区，给旅游管理水平和服务质量都提出很高的要求。目前景区旅游从业人员的素质较弱，机构设置不科学，难以实现对景区进行科学有效管理、更好地为游客服务的要求。管理混乱导致景区安全隐患较为严重，旅游者的权益得不到切实保证。

由于受短期利益的驱使，一些景区虽然都在强调资源保护的重要性，但实际操作中往往只重视开发利用资源，忽视保护工作，导致生态环境恶化。还有一些行为是由于管理者对景区的科学开发了解不够，随意建设不必要的游览设施，运营时不控制景区的接待游客容量，导致资源的过度利用。

3. 景区类型总体上比较单一，雷同性开发较多，忽视游客体验，景区收入来源渠道单一

随着国际国内旅游市场变化和全面建设社会主义小康社会目标的推进，我国旅游产品和服务供求矛盾重新凸现，这主要表现在：第一，随着"体验时代"来临，体验旅游需求不断扩大。但我国体验旅游环境和活动十分薄弱，旅游产品和服务参与性、娱乐性和体验性严重不足，供求矛盾突出；第

二，随着全面建设社会主义小康社会目标的推进，城乡居民人均收入水平不断提高，休闲度假和专题旅游需求将进入高涨期，使休闲度假和自驾车旅游等专题旅游供求矛盾加剧。

忽视游客体验、产品供需错位是经济开发型旅游景区的主要问题。20世纪80年代出现全国主题公园投资失误项目屡见不鲜。主题公园产品雷同，低水平重复建设是导致其产业大面积亏损的主要原因。产品低水平重复建设必然导致恶性价格竞争，导致行业的高失败率。

三、消费者引导

1. 环境保护意识差

旅游环境保护作为一项系统工程，需要政府部门、管理部门、当地居民和旅游者的全体参与。因此，通过法制观念教育、全面观念教育以及长远观念教育，来提高全民族乃至入境游客的旅游环境保护意识，对于持续发展旅游业具有十分重要的意义。在这一点上，我们的一些旅游开发和发展似乎没有完全掌握和充分尊重居民对发展旅游的认识，缺乏对居民直接参与旅游开发和发展的鼓励。

2. 旅游消费观念落后

大众消费者由于收入水平所限及传统观念的延续，旅游消费观念较为落后。部分旅游者仅仅是满足于到一个地方拍照留念，只重视结果，"走马看花"，对食、住、行等方面的要求很低。在旅游各要素中，消费比例不协调，对景区开展多种经营活动收入会产生一定影响。需要引导游客形成正确的旅游消费观念。

信息数据编

Xinxi Shuju Bian

说明:

　　下述各表信息数据主要依据对全国 468 家 A 级景区 2004 年经营发展情况进行的抽样统计分析。

　　下述各表中涉及员工人均数的指标（人均拥有资产额、人均创收、人均创利）的计算均以固定员工人数及临时员工人数的 50% 之和作为员工总数进行测算。

表一　2004 年全国及东部、中部和西部
地区 A 级景区规模情况

地　区	景区级别	平均资产总额（万元）	平均固定员工规模（人）	平均临时员工规模（人）	人均拥有资产额（万元）
全　国	4A	20086.63	272	205	53.57
	3A	2855.10	77	44	28.94
	2A	1877.07	36	18	41.41
	1A	1443.87	20	10	56.62
	合计	7762.48	119	82	48.66
东　部	4A	14797.71	263	71	49.51
	3A	4656.67	95	63	36.72
	2A	1743.07	26	17	50.33
	1A	945.92	18	8	42.58
	合计	7109.90	128	46	47.19
中　部	4A	54256.68	453	800	63.63
	3A	1332.32	36	23	27.96
	2A	2040.18	42	12	42.50
	1A	1804.68	32	21	43.10
	合计	18780.78	173	271	60.86
西　部	4A	9655.57	169	132	41.15
	3A	2248.13	72	28	26.26
	2A	1436.65	45	21	26.00
	1A	1589.76	18	8	70.77
	合计	3318.72	74	44	34.51

表二 2004 年不同类型景区规模情况

景区类型	景区级别	平均资产总额（万元）	平均员工规模（人）	平均临时员工（人）	人均拥有资产额（万元）
自然景区	4A	28575.03	363	379	99.90
	3A	4237.65	86	68	35.34
	2A	1651.78	39	19	33.79
	1A	2453.81	20	10	99.90
	合计	10821.08	152	144	48.43
人文景区	4A	15335.59	229	96	55.36
	3A	1644.28	44	14	32.02
	2A	1152.71	22	6	45.43
	1A	1060.11	16	6	55.94
	合计	6069.71	97	39	52.19
现代游乐型景区	4A	23931.82	238	112	81.47
	3A	3423.00	58	17	51.60
	2A	1350.67	41	15	27.85
	1A	—	—	—	—
	合计	11897.42	133	59	73.26
旅游度假型景区	4A	7959.93	172	48	40.73
	3A	4033.33	102	42	32.81
	2A	2732.83	59	29	37.08
	1A	947.04	30	17	24.60
	合计	4041.53	92	36	36.65
工农业科技旅游景区	4A	12786.92	55	18	199.17
	3A	3704.00	173	106	16.37
	2A	2033.66	31	35	41.99
	1A	630.00	21	5	26.81
	合计	5152.89	79	51	49.32
其 他	合计	3170.71	91	59	26.33

表三　2004 年全国及东部、中部和西部
地区 A 级景区接待情况

	景区级别	景区个数	年接待游客量（万人次）	平均年接待游客量（万人次）	年接待入境游客量（万人次）	平均年接待入境游客量（万人次）
全国	4A	146	16886.49	115.66	746.19	5.11
	3A	109	2874.47	26.37	51.40	—
	2A	188	2613.68	13.90	75.34	—
	1A	25	180.74	7.23	0.25	—
	合计	468	22555.38	48.20	873.18	
东部	4A	88	13174.59	149.71	565.54	6.43
	3A	52	1972.89	37.94	16.09	—
	2A	81	947.17	11.69	11.55	—
	1A	7	24.40	3.49	0.00	—
	合计	238	16119.05	67.73	593.18	—
中部	4A	24	1624.49	67.69	67.89	2.83
	3A	19	347.28	18.28	5.24	—
	2A	27	448.24	16.60	7.95	—
	1A	4	88.52	22.13	0.00	—
	合计	74	2508.53	33.90	81.08	—
西部	4A	34	2087.41	61.39	112.76	3.32
	3A	38	554.30	14.59	30.07	—
	2A	80	1218.27	15.23	55.84	—
	1A	14	67.82	4.84	0.25	—
	合计	166	3927.80	23.66	198.92	—

表四 2004 年不同类型景区接待情况

景区类型	景区级别	景区个数	年接待游客量（万人次）	平均年接待游客量（万人次）	年接待入境游客量（万人次）	平均年接待入境游客量（万人次）
自然景区	4A	58	8170.94	140.88	231.74	4.00
	3A	39	869.25	22.29	—	—
	2A	77	893.36	11.60	—	—
	1A	8	49.65	6.21	—	—
	合计	182	9983.20	54.85	—	—
人文景区	4A	55	6550.86	119.11	400.39	7.28
	3A	37	891.40	24.09	—	—
	2A	58	695.99	12.00	—	—
	1A	10	75.14	7.51	—	—
	合计	160	8213.39	51.33	—	—
现代游乐型景区	4A	10	1104.80	110.48	46.75	4.68
	3A	3	468.00	156.00	—	—
	2A	9	250.94	27.88	—	—
	合计	22	1823.74	82.90	—	—
旅游度假型景区	4A	12	455.28	37.94	21.50	1.79
	3A	17	406.74	23.93	—	—
	2A	24	390.34	16.26	—	—
	1A	5	43.09	8.62	—	—
	合计	58	1295.45	22.34	—	—
工农业科技旅游景区	4A	5	98.00	19.60	6.85	1.37
	3A	6	99.69	16.62	—	—
	2A	8	247.05	30.88	—	—
	1A	1	4.36	4.36	—	—
	合计	20	449.10	22.46	—	—
其他	合计	26	790.05	30.39	42.62	1.64

表五　2004 年全国及东部、中部和西部
地区 A 级景区收入情况

地　区	景区级别	景区个数	年营业收入（万元）	平均年营业收入（万元）	年门票收入（万元）	平均年门票收入（万元）	门票收入占营业收入比重(%)
全国	4A	146	650615.92	4456.27	327377.89	2242.31	0.50
	3A	109	83920.00	769.91	37715.40	346.01	0.45
	2A	188	76289.61	405.80	13203.51	70.23	0.17
	1A	25	5733.88	229.36	483.26	19.33	0.08
	合计	468	816559.40	1744.79	378780.05	809.36	0.46
东部	4A	88	326982.13	3715.71	212858.26	2418.84	0.65
	3A	52	68077.20	1309.18	21892.16	421.00	0.32
	2A	81	13059.35	161.23	4391.75	54.22	0.34
	1A	7	899.17	128.45	228.67	32.67	0.25
	合计	238	409017.85	1718.56	239370.84	1005.76	0.59
中部	4A	24	239017.67	9959.07	42270.22	1761.26	0.18
	3A	19	4819.00	253.63	2082.50	109.61	0.43
	2A	27	10950.70	405.58	2699.80	99.99	0.25
	1A	4	3720.10	930.03	144.20	36.05	0.04
	合计	74	258507.47	3493.34	47196.72	637.79	0.18
西部	4A	34	84616.12	2488.71	72249.41	2124.98	0.85
	3A	38	11023.80	290.10	13740.74	361.60	1.25
	2A	80	52279.56	653.49	6111.96	76.40	0.12
	1A	14	1114.61	79.62	110.39	7.88	0.10
	合计	166	149034.08	897.80	92212.49	555.50	0.62

表六　2004年不同类型景区收入情况

景区类型	景区级别	景区个数	年营业收入（万元）	平均年营业收入（万元）	年门票收入（万元）	平均年门票收入（万元）	门票收入占营业收入比重(%)
自然景区	4A	58	325742.44	5616.25	137178.09	2365.14	0.42
	3A	39	28569.60	732.55	10776.08	276.31	0.38
	2A	77	33947.35	440.87	6651.22	86.38	0.20
	1A	8	1138.33	142.29	178.20	22.28	0.16
	合计	182	389397.72	2139.55	154783.59	850.46	0.40
人文景区	4A	55	203431.89	3698.76	136497.39	2481.77	0.67
	3A	37	9045.23	244.47	14074.36	380.39	1.56
	2A	58	17089.04	294.64	1955.29	33.71	0.11
	1A	10	769.67	76.97	181.37	18.14	0.24
	合计	160	229566.16	1434.79	152527.04	953.29	0.66
现代游乐型景区	4A	10	48700.01	4870.00	33633.42	3363.34	0.69
	3A	3	2050.00	683.33	1511.00	503.67	0.74
	2A	9	1944.70	216.08	582.40	64.71	0.30
	1A	0	—	—	—	—	—
	合计	22	52694.71	2395.21	35726.82	1623.95	0.68
旅游度假型景区	4A	12	43429.82	3619.15	9476.49	789.71	0.22
	3A	17	18719.33	1101.14	7955.45	467.97	0.42
	2A	24	13681.87	570.08	2338.87	97.45	0.17
	1A	5	3567.88	713.58	18.69	3.74	0.01
	合计	58	79398.90	1368.95	19789.50	341.20	0.25
工农业科技旅游景区	4A	5	17621.09	3524.22	5055.05	1011.01	0.29
	3A	6	21540.24	3590.04	396.41	66.07	0.02
	2A	8	6413.42	801.68	843.02	105.38	0.13
	1A	1	171.00	171.00	80.00	80.00	0.47
	合计	20	45745.75	2287.29	6374.48	318.72	0.14
其　他	合计	26	18986.50	730.25	9395.76	361.38	0.49

表七　2004 年全国及东部、中部和西部
地区 A 级景区经营效益情况

地区	景区 级别	平均利润 总额 （万元）	游客人 均消费 （元）	员工人 均创收 （万元）	员工人 均创利 （万元）	收入 利润率 （%）
全国	4A	289.24	38.53	8.20	0.77	6.49
	3A	79.78	29.19	4.48	0.81	10.36
	2A	20.67	29.19	1.93	0.46	5.09
	1A	30.83	31.72	0.93	1.21	13.44
	合计	118.76	36.20	6.82	0.74	6.81
东部	4A	260.24	24.82	9.14	0.87	7.00
	3A	97.97	34.51	4.37	0.77	7.48
	2A	1.01	13.79	2.07	0.03	0.63
	1A	27.17	36.85	1.68	1.22	21.16
	合计	118.77	25.37	7.87	0.79	6.91
中部	4A	577.11	147.13	3.81	0.68	5.79
	3A	52.51	13.88	2.94	1.10	20.70
	2A	84.11	24.43	2.34	1.75	20.74
	1A	75.06	42.03	1.02	1.79	8.07
	合计	235.40	103.05	3.66	0.76	6.74
西部	4A	161.11	40.54	12.43	0.69	6.47
	3A	68.54	19.89	4.98	0.80	23.63
	2A	19.15	42.91	1.69	0.35	2.93
	1A	20.02	16.43	0.41	0.89	25.15
	合计	59.61	37.94	7.48	0.62	6.64

表八 2004 年不同类型景区经营效益情况

景区类型	景区级别	平均利润总额（万元）	游客人均消费（元）	员工人均创收（万元）	员工人均创利（万元）	收入利润率（%）
自然景区	4 A	513.19	39.87	10.17	0.93	9.14
	3 A	78.38	32.87	6.11	0.65	10.70
	2 A	31.21	38.00	9.02	0.64	7.08
	1 A	36.31	22.93	5.79	1.48	25.52
	合计	195.14	39.01	9.57	0.87	9.12
人文景区	4 A	183.99	31.05	13.35	0.66	4.97
	3 A	29.22	10.15	4.76	0.57	11.95
	2 A	23.85	24.55	11.61	0.94	8.09
	1 A	28.60	10.24	4.06	1.51	37.15
	合计	78.65	27.95	12.34	0.68	5.48
现代游乐型景区	4 A	183.49	44.08	16.58	0.62	3.77
	3 A	8.33	4.38	10.30	0.13	1.22
	2 A	− 10.56	7.75	4.46	− 0.22	− 4.89
	1 A	—	—	—	—	—
	合计	80.22	28.89	14.75	0.49	3.35
旅游度假型景区	4 A	40.05	95.39	18.52	0.20	1.11
	3 A	285.63	46.02	8.96	2.32	25.94
	2 A	30.94	35.05	7.73	0.42	5.43
	1 A	18.46	82.80	18.53	0.48	2.59
	合计	106.40	61.29	12.41	0.96	7.77
工农业科技旅游景区	4 A	88.25	179.81	54.89	1.37	2.50
	3 A	− 21.01	216.07	15.87	− 0.09	− 0.59
	2 A	50.92	25.96	16.55	1.05	6.35
	1 A	67.00	39.22	7.28	2.85	39.18
	合计	39.48	101.86	21.89	0.38	1.73
其他	合计	− 58.80	24.03	6.07	− 0.49	− 8.05

表九 2004 年全国及东部、中部和西部地区
A 级景区带动社会就业情况

地 区	景区级别	平均带动社会就业人数（人）	平均带动社会就业年总收入（万元）	平均带动社会就业人均年收入（万元）
全 国	4A	955	1409.28	1.47
	3A	72	78.10	1.08
	2A	30	18.45	0.61
	1A	11	8.86	0.78
	合计	328	465.72	1.42
东 部	4A	606	953.16	1.57
	3A	63	100.71	1.61
	2A	20	29.37	1.48
	1A	13	2.19	0.17
	合计	644	384.49	0.60
中 部	4A	1851	2108.32	1.14
	3A	146	155.57	1.07
	2A	10	8.17	0.85
	1A	30	39.39	1.30
	合计	643	728.83	1.13
西 部	4A	1229	2096.41	1.71
	3A	48	8.44	0.18
	2A	48	10.86	0.23
	1A	5	3.47	0.68
	合计	286	436.84	1.53

表十　2004 年各类型景区带动社会就业情况

景区类型	景区级别	平均带动社会就业人数（人）	平均带动社会就业总收入（万元）	带动社会就业人均年收入（万元）
自然景区	4A	1020	1211.85	1.19
	3A	106	128.58	1.22
	2A	48	23.07	0.48
	1A	19	22.93	1.21
	合计	369	424.52	1.15
人文景区	4A	1346	2310.60	1.72
	3A	42	5.38	0.13
	2A	10	6.13	0.63
	1A	13	3.81	0.29
	合计	476	797.74	1.68
现代游乐型景区	4A	162	231.08	1.43
	3A	0	0.00	—
	2A	0	0.00	—
	1A	—	—	—
	合计	74	105.03	1.43
旅游度假型景区	4A	356	480.16	1.35
	3A	123	188.87	1.54
	2A	12	7.70	0.62
	1A	0	0.00	—
	合计	115	157.89	1.38
工农业科技旅游景区	4A	28	16.00	0.58
	3A	15	14.80	0.99
	2A	44	19.38	0.44
	1A	0	0.00	—
	合计	29	16.19	0.56
其 他	合计	40	47.23	1.18

案例编
An li bian

案例一　江苏省无锡灵山：文化——旅游景区发展的灵魂

——建设精品灵山、文化灵山、历史灵山的实践报告

一、灵山胜境发展历程简介

无锡灵山胜境位于无锡马山太湖国家旅游度假区内，北倚灵山，南面太湖，左挽青龙山，右携白虎山，物华天宝，人杰地灵。景区于 1994 年奠基，1997 年，88 米灵山大佛开光，灵山景区正式开放，形成以灵山大佛为核心的宗教文化旅游胜境，逐渐声名远播，吸引了大量海内外游客和信众。短短几年间，灵山景区已成为无锡的标志性景区和华东旅游新热点。2003 年，灵山景区二期工程——灵山胜境文化园建成开放，以九龙灌浴为代表的系列大型佛教文化景观建成，展示了佛祖四相成道的重大历程和博大精深的佛教文化，得到了社会各界的广泛赞誉。从而使景区知名度、美誉度得到了更广泛的传播。

灵山景区开园以来，共接待海内外游客 1600 多万人次，景区年收入超亿元；灵山景区先后被评为中国首批 4A 级景区、中国旅游知名品牌，并荣获江苏省五一劳动奖状，成为中国最"年轻"的 4A 级景区和国家级旅游知名品牌，受到社会各界的关注和好评。著名旅游专家魏小安先生评价道："灵山景区经过十年的不懈努力，通过鲜明的主题和独特文化的营造，历经了'无中生有'、'有中生好'、'好中生优'三个台阶的跨越，逐步打造了

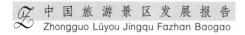

一个精品的、文化的、历史的灵山"。

二、灵山景区发展实践和体会

在灵山发展的历程中，最大的体会就是：文化，是旅游景区发展的灵魂。下面从四个方面来阐述灵山景区的发展实践和体会。

1. 文化策划是旅游景区发展的源泉

文化策划是依托创造性思维，分析与整合文化、资源、环境等特点，寻找与市场优化的拟合方案，建构景区发展可采取的最优途径的创造过程。文化策划是整个旅游景区运作的起点，它决定了景区的发展方向，从文化的角度回答了"做什么"的根本问题。文化策划为旅游项目找到灵魂，构建了景区的主题以及围绕主题的文化和景观体系，从而决定了规划、建设、运营等景区发展的关键性问题。灵山景区的文化策划贯穿景区发展过程，这里重点介绍景区初创和二期工程建设时期的文化策划实践。

（1）灵山景区初创时期。20 世纪 90 年代初，正是人造主题城大行其道的年代，在无锡就相继建起了"欧洲城""唐城""三国城"等主题景区，一时间游客蜂拥而至，景区收入可观，形成一股旅游热潮。面对现成的成功模式，灵山人没有盲目跟风，而是冷静分析、慎密思考，对灵山得天独厚的山水环境、悠久的佛教历史文化传承、旅游市场发展状况、全国佛教名胜的格局等因素综合分析，形成建设以五方五佛之东方灵山大佛为核心景观的佛教文化主题园区的思路。在这一思路的推动下，灵山人在无锡马山的太湖之滨小灵山上建造起 88 米高的世界最大青铜立像——灵山大佛，修复千年古刹祥符禅寺，建造了万佛殿、佛教文化博览馆、灵山大照壁、江南第一钟、天下第一掌、百子戏弥勒等各具特色的佛教文化景观，走上了佛教文化主题园区的发展之路。灵山景区得到了政府、宗教界、广大游客的广泛认可，建成开放后年入园人次达 170 万，取得了良好的经济效益和社会效益。

（2）灵山二期工程建设时期。灵山景区经过几年的发展，逐渐成为无锡的标志性景点和对外宣传交流的窗口，社会各界对灵山景区各方面提出了更高的要求。面对新的形势，灵山走上了二次创业再创辉煌的道路。2002年，占地面积25万平方米、总投资2.5亿元的灵山二期工程——灵山胜境文化园开始筹建。经过系统的文化策划，灵山景区确定了以系统地展示佛教文化博大精深的角度为切入点，以佛祖释迦牟尼出生、降魔、说法、涅槃四相成道一生的重要阶段和佛教产生、发展、传播的过程为主线，阐释佛教思想体系的精华部分以及佛教对现实人生、当代社会的积极意义，倡导做个好人的思想理念。据此先后设计了九龙灌浴、降魔、阿育王柱、五智门、涅槃等大型文化景观。同时根据"一花一世界，一叶一如来""八功德水绕灵山"等佛教环保思想规划景区环境：新增5.4万平方米绿地，移植近百种珍贵名木，引进太湖活水，构成大规模的水系在景区穿行，水域面积达1.2万平方米，将三万六千顷太湖风光与景区衔接为一体。根据这些文化策划的二期工程建成后，在社会上引起了巨大的反响，景区的经济效益也突破了亿元。灵山的实践充分说明了文化策划对景区发展的重要性，没有文化策划，景区发展将是无源之水，无本之木。

在灵山景区文化策划的实践上，可以得到这样的体会：景区文化策划要注重文化的社会价值和系统性。基于社会价值和系统性的文化策划，能够把景区文化全面系统的传递给游客和社会，能够确保景区文化为社会和大多数游客所接受，能够使游客对景区产生深刻丰富的感受，能够使景区在社会和游客中较为迅速和广泛的传播，从而带动景区的知名度和美誉度迅速提升，为景区经济效益和社会效益的实现创造良好的前提。而基于没落的、即将消亡的、冷僻的、孤立的文化策划（极端的例子如"蟋蟀文化""小脚文化"等），往往带有很大的局限性，难以形成长久的生命力，更不宜作为景区的文化主题。

文化的社会价值是指文化具有超越时代的可存续性和超越空间的可接受性。佛教至今已有两千多年的发展历史，是影响世界的三大宗教之一；佛教文化是世界文化的重要组成部分，佛祖舍利、佛像等各种古代佛教文化艺术珍品在世界文化中享有崇高的地位，许多佛教圣地都已经被列为世界文化遗产；佛教对世界文化的发展曾经产生并且将继续产生深远的影响，佛教中的哲学思想为古今中外诸多思想家所汲取，恩格斯就曾经说过"要想学好哲学，最好先学习学习佛教"，佛教文化对中国、东南亚等地的社会、经济、文化发展产生了积极深远的影响。这说明佛教文化具有超越时代的可存续性和超越空间的可接受性，具有高度的社会价值。灵山景区挖掘的正是佛教文化倡导的"诸恶莫作，众善奉行"的理念、宽容和谐的理念、感恩思想、实践观、平等观等具有高度社会价值的部分。

文化的系统性主要表现在两点，一是指景区文化主题要能够融入更大的社会文化系统中去；二是指景区文化自身要构成一个系统，要具备丰富的内涵和外延体系。灵山大佛的建设，就是依据佛教经典中五方五佛的信仰格局和我国南、北、西、中四个方向都有大佛，而东方没有大佛的景观分布情况而进行的文化策划。是先有五方五佛理论体系而后有灵山大佛建设实践，灵山大佛的建成从事相上完备了这一体系，这也就构成了灵山大佛的唯一性和不可复制性，形成了景区文化上的核心竞争力。灵山二期的建设则是在灵山大佛的基础上，从形成佛教文化系统的角度对景区自身文化和景观体系的丰富、充实和提高。灵山景区文化的高度社会价值和系统性是灵山景区走向成功的关键起点。

2. 文化景观是旅游景区发展的基础

如果说文化策划构筑景区文化体系，景区内一个个具体的景观则是表达阐释景区文化的基础载体，文化是景观展示的内容，景观是文化表现的形式，二者互为表里，缺一不可。没有文化的支撑，景观再雄伟、再气派，也只是缺乏深刻意义和文化价值的空壳；同样，没有高质量的景观表现，景区文化体系策划得再完备、再科学，也只是海市蜃楼、一纸空谈。所以，文化景观是景区建设的核心内容，是旅游景区发展的基础。文化景观建设的成败直接决定了景区日后经营效益的好坏，直接影响着景区运营成本的高低。

灵山景区主要景观从外到内依次有：大照壁、五明桥、佛足坛、菩提大道、五智门、九龙灌浴、降魔、阿育王柱、天下第一掌、百子戏弥勒、祥符禅寺、无尽意斋、佛教文化博览馆、万佛殿、灵山大佛等。每一景观均站在传世精品的高度，经过深入策划、严格设计和精心建造，从不同侧面展示佛教文化的精华部分，共同架构了恢宏壮观的佛教文化景观体系，充分体现了佛教文化的博大精深和积极的现实意义。这些都可以给游客带来视觉的冲击、心灵的震撼、艺术的享受、文化的回味。

以景区的核心景观灵山大佛和九龙灌浴为例：

灵山大佛高 88 米，为锡青铜材料铸造，总共耗用铜 725 吨。青铜艺术既是中国古典艺术的精华，在世界上也享有崇高地位。灵山大佛是世界最高的释迦牟尼佛祖青铜立像，是传统佛教造像艺术和现代高新科技的完美结晶。灵山大佛的艺术形象由著名雕塑家吴显林先生设计创作，由中国佛教协会前会长赵朴初先生亲自审定，既严格遵循佛经记载佛祖的形象特征，又兼顾了艺术表现力和创造力。灵山大佛面相丰满端庄，慈祥和蔼，睿智敦厚，双目垂视，对众生的关切之情，溢于眉宇之间，嘴角似带微笑，欲言未语，似有诸多嘱咐，使人倍感亲切。大佛右手"施无畏印"代表除却痛苦，使众生无所畏惧，左手"与愿印"代表给予快乐，满足众生美好心愿，均为祝福之相。胸前"卐"字代表万德庄严，大佛的衣饰褶纹有较强的质感，明快流畅，飘逸灵动。整个佛像形态庄严圆满，神态安详凝重，显现佛陀慈悲的法相。大佛建成后得到社会各界的一致好评。到景区参观的客人，无不为大佛的庄严、宏伟、神圣、慈悲所震撼、惊叹。赵朴初先生曾三次视察灵山大佛景区，赋诗赞曰：湖光万顷净琉璃，返照灵山正遍知（佛的另一称谓），身与云齐施法雨，目垂诲众示深慈。

九龙灌浴是灵山二期工程的核心景观，为大型音乐动态群雕，取自佛教经典记载，再现了佛祖诞生的盛大场景。据《本行经》记载：佛祖出家以前原是古印度净饭国王太子，太子出生时，地上有大莲花自然涌出。太子眼视四方，右手指天，左手指地，作狮子吼曰："天上天下，唯吾最真。"其时花园中忽涌出二池，储满清净香水。又见虚空中有九龙吐水、浴太子身。天人们奏着美妙动听的音乐，空中散下五色缤纷的香花，一时十方大地六种震动，一切众生俱感受到前所未有的欢乐。人们把这盛大情景称为"九龙灌浴"。灵山"九龙灌浴"景观全部为青铜铸造，主体部分立于巨大的圆形水池中央，高 27.5 米，耗铜 180 吨。由狮子鼓和四大天王托负一巨型莲花座，每一个莲花瓣长 6 米。太子像立于莲花中，高达 7.2 米，表面镏金使用黄金达 15000 多克。主体周围有 8 个高 4.2 米的供养飞天，9 条高 3.5 米的巨龙环绕，池旁围有九座八凤饮水雕塑。整个景观还配有喷水系统、喷雾系统、动作机构、控制系统。启动时，随着佛之诞音乐的奏响，闭合的莲花缓缓绽开，通体镏金的太子佛从中徐徐升起，九条巨龙一起向太子喷出九条灵泉，轰然交汇，泉水中沐浴的太子，缓缓自转一周，颂扬着太平盛世，祈福着国泰民安。如此浩大的工程，不仅在国内雕塑群中是一个创举，就是在国际上也甚为罕见。

灵山的景观建设可以带来这样的体会：

一是景观首先要有深厚的文化内涵，仅仅依靠"新""奇"等外在特点，依靠游客的猎奇心理，而没有内在的文化特色，这样的景观将缺乏长期竞争力和生命力。尤其是在旅游景观大大丰富，游客欣赏水平大大提高的今天，这类景观更是举步维艰，难以生存。

二是景观自身要有很强的文化表现力，能够以最具有观赏性、艺术性、震撼力的形式充分表现景观内在的文化。观赏性侧重于景观从观赏者的角度满足游客的审美要求，要求景观具备赏心悦目的形式；艺术性更强调景观本身的精致完美和艺术品位，要求景观具备持久的艺术魅力；震撼力则强调景观要对游客产生心灵的冲击和震撼，要求景观具备较强的感染力，使游客融入景观、文化、环境所形成的意境中。好的景观应是观赏性、艺术性、震撼力三要素的有机结合。总而言之，要以精品景观表现精品文化，达到景观与文化，形式与内容，虚与实，灵与肉的完美统一。

3. 文化活动是旅游景区发展的活力

景区文化活动是景区的重要组成部分，是景区最活跃的元素。成功的景区文化活动和文化景观动静结合，能够丰富景区的旅游形式；加深游客对景区文化的感受；增添景区的市场吸引力；提高景区的知名度和美誉度；进而保证和促进景区的可持续发展。

灵山景区自建设以来，就非常重视旅游文化活动。景区充分挖掘佛教文化内涵，将佛教文化与社会热点相结合，策划举办了一系列别具特色、影响深远、内涵深刻的大型活动。较为经典的活动有：

（1）"同撞世纪钟、共迎新千年"庆典活动。首先，本次活动紧紧抓住了当时全世界关注的"迎接新千年"的社会热点，成功地和佛教撞钟迎新年的习俗、佛教中吉祥祝福的文化相结合，提出"灵山与世界同欢庆"的活动口号，将景区活动升格为无锡市迎接新千年的庆典活动，形成了较大的市场预期。

其次，本次活动事前进行了方方面面精心的策划。对以往撞钟活动形式进行了创新，对撞钟程序、环境布置、氛围营造、吉祥赠物等进行了精心设计；围绕撞钟活动设计了甘肃太平鼓表演、万名游客百米长卷寄语新世纪、大型焰火表演等参与性、观赏性相结合的十大辅助活动；对景区环境、布置、背景音乐等也进行了全方位的设计。从而使活动和景区文化完美结合，形成了良好的一致性。

此外，本次活动取得了良好的社会和经济效益，灵山撞钟活动自此成为无锡市政府每年固定的元旦迎新活动，成为江苏省知名品牌旅游节目。江苏省"2005中国旅游年欢乐江苏游"启动仪式也成为灵山撞钟活动的精彩内容。

（2）灵山大佛与自由女神的对话。"灵山大佛与自由女神的对话"是灵山景区2002年与央视四套《让世界了解你》栏目合作策划制作的一档面向海内外观众的对话节目。在栏目中无锡市旅游局局长王洁平和灵山景区管理处主任吴国平与纽约旅游公司副总裁康思敏相隔太平洋进行了实时对话，主要讨论了灵山大佛和自由女神在设计、构造上的相似之处，以及两座雕塑的选址根据和维修方面的经验教训，并重点探讨两景区在文化方面的异同。本次活动抓住了灵山大佛像与自由女神像的关联性和相异性，进行了一场知识性、探索性、趣味性的对话，取得了情理之中、意料之外的活动效果；同时赋予了灵山品牌世界性的内涵，创造了灵山乃至无锡旅游走向世界的新起点，开拓了中国主题园区与世界级主题园区直接对话的先河，一时间成为旅游界的热点话题。

（3）"放飞心情、祝福江苏"江苏旅游省内游开游式。2003年4月，灵山景区二期工程建成，由于受到"非典"的影响，原预备"五一"期间举办的新景区开园庆典取消。如何尽量减少"非典"的影响，使新景观尽快树立良好口碑，产生社会轰动效应和理想的经济效益，成为景区领导最为关心和焦虑的问题。

随着"非典"疫情逐渐得到控制，为驱散疫情阴云，恢复出游信心，江苏省旅游局拟举办"非典"后恢复江苏省内游的首游式，灵山人抓住机会，及时与江苏省旅游局协商，确定把无锡灵山作为此活动的主会场，举办以"放飞心情、祝福江苏"为主题的江苏旅游省内游开游式，邀请全省各城市市长、旅游局、旅游企事业单位人员齐聚灵山，领略灵山二期新景的宏伟壮观，祝福江苏旅游走向新的繁荣昌盛。这一活动充分结合了灵山祝福文化的内涵和社会、政府的需要，圆满表现了"放飞心情、祝福江苏"的祈愿主题，充分向全江苏省旅游界展示了灵山新景的魅力，建立了良好口碑，实现了新景的轰动效应。景区很快走出"非典"阴影，人数迅速上升并超过"非典"前的水平。

（4）"感恩与祝福"莘莘学子大型活动。"感恩与祝福"莘莘学子大型活动是灵山景区立足景区文化，深入挖掘主题的又一次成功创意。感恩是灵山佛教文化中的精华部分，也是世界文化的重要内容。为根据灵山的情况，成功展示感恩文化的内涵，灵山人从高中毕业生考上大学后感谢老师，感谢父母这一较为普遍的社会现象入手，结合对学生未来的祝福，策划了此活动。活动一推出，就受到了社会各界的广泛好评，和舆论广为批驳的谢师宴等吃喝攀比行为形成一正一反的鲜明对比。此次活动形式紧紧围绕主题，活动内容精益求精，真正实现了活动创造感动的效果。活动设计了三大板块，两大篇章，通过手语表演唱、感恩故事、感恩宣言，学生向老师系感恩黄丝带、市领导家乡寄语、助学捐赠仪式、大型祝福仪式、大合唱等形式，从多个角度和层面深刻、准确、鲜明、生动地展示了感恩的内涵和祝福的主题。参加过此活动的老师、家长、学生们都被活动现场的真情和热情深深感动，并称其为"一场终身难忘的聚会，一次意义深远的毕业典礼"。

系列景区文化活动的举办，引出了举办景区文化活动需要注意的四个方面的问题：

一是活动主题与景区文化要保持内在一致性。活动的主题应是景区文化内含部分，或是景区文化的延展，不能和景区文化相冲突，或者互不相干。唯有保持文化的内在一致性，才能展示景区文化，丰富品牌内涵，才能保证活动为社会所接受，保证活动成功举办。否则，景区活动难免失败，甚至对景区口碑产生不良影响。

二是景区文化活动要具备社会性。要关注社会文化主题和需要，把握机遇，使得景区文化活动成为市、省乃至更大区域范围的社会文化活动，成为社会关注的焦点。因为景区自身影响力非常有限，只有借助社会力量这条大船，制造更大范围的社会影响，才能更容易取得成功。

三是活动形式和内容设计要紧紧围绕主题，注重感染力、艺术性、参与性、互动性、多样性，细节性。如果说主题是活动的骨架，那么形式和内容就是活动的血肉，形式和内容不能偏离主题，必须从多方面来表达，阐释主题；其次，活动要具备参与性，互动性，感染力，能打动游客的心，让游客融入其中；要具备艺术性，让游客得到美的享受；要具备多样的内容形式，让游客感到丰富。此外，对细节的关注也是景区活动策划必不可少的，一个细节的成功可能构成整个活动的亮点，一个细节的疏忽也可能导致整个活动的失败。景区活动必须关注每一个细节，才能够保证活动圆满成功。

四是活动要注重宣传，活动宣传是决定活动成效的关键要素之一。灵山历次活动都非常重视宣传，撞钟活动宣传开无锡互联网直播活动之先河；江苏省内游活动全省各大媒体头版报道，灵山新景的美誉一夜传遍江苏；感恩与祝福活动事前宣传报道掀起了广泛的社会关注，一段时期内形成了媒体讨论的焦点。只有注重每次活动的宣传，才能充分发挥活动提升景区知名度、美誉度的巨大作用，在社会上牢固树立景区文化内涵和品牌形象。

4. 文化管理为旅游景区发展提供内在动力

旅游景区文化管理是旅游景区在景区发展过程中，把景区文化精神应用于企业文化和企业管理之中的尝试。和一般的管理理念相比，文化管理更强调企业理念和价值观的确立和认同，强调对员工思想、观念、行为理念的内在塑造，从而促进员工产生维护企业根本利益的自动、自发、自律的行为，实现由本及末，由内而外的人性化管理模式，为景区良性发展提供内在动力和潜力。灵山景区进行的文化管理，就是尝试把佛教文化中的精华思想、智慧引入企业管理中，渗透到员工思想观念中去，从而潜移默化地影响、规范企业和员工行为。具体过程如下：

（1）灵山景区建造中，佛教文化深深地影响了灵山人。在灵山景区经营建设过程中，灵山人接触到许多佛教界德高望重的人士，深深受到他们的文化影响。前中国佛教协会会长赵朴初先生对灵山建设曾给予了很大的支持，其高尚的情操和圆融无碍的处世方式影响着许许多多的灵山人，他的一言一行表现了他用佛教文化解决社会问题的期望，他庄严国土、利乐有情的伟大情怀，对灵山景区的企业使命产生了重要的影响。原灵山祥符禅寺主持茗山法师吃完饭后，总是拿开水把碗洗两遍喝下去，有人不解，茗老解释：碗里还有米剩下的物质，应该全部吃掉，应该惜福。茗老说：佛教的道理说人生来的福报不是无限的，福分用掉了就没有了，你珍惜就可以用长一点，我们要珍惜来之不易的福报。用现在的话讲就是要艰苦奋斗，用在企业管理上就是要节约成本，经济运营。这一原则已经成为灵山景区的重要经营准则。

灵山景区管理处主任吴国平在上海社会科学院作"灵山佛教文化的探索与思考"报告时，把这种现象总结为非常形象生动的"我造大佛，大佛造我"。

（2）因式利导，将灵山景区佛教文化渗透到企业文化和企业管理当中去。灵山有一个景观叫五智门，门上刻有佛教行为规范，其中有持戒这一条，是说佛教讲究戒律，行为和思想都不能违背。持戒中有一条戒律是"不妄语"，就是不能说假话，要讲究诚信。灵山人把这一条用在景区物价管理上，诚信定价，不虚报价格。因为一直用这样的戒律要求自己，所以灵山景区被评为"江苏省价格诚信单位"。

佛教行为规范还有"忍辱"，讲究"多一分考验，长一分见识"，讲究"喜怒不形于色，言谈不出于恶声"。这些理念被用于景区服务人员的管理和教育，使景区服务人员在面对游客的误解、非难和不合理要求时，平心静气，妥善地处理好景区服务中遇到的各种矛盾，取得了非常好的效果。

三、灵山景区未来发展的思考

灵山景区自 1994 年至今，经过 10 年发展，两次创业，取得了令人瞩目的经济效益和社会效益，获得了广泛的社会影响。结合灵山 10 年发展的实践和对未来文化主题园区发展趋势的思考，灵山未来发展思路如下：坚定不移地以文化作为景区发展的灵魂，从世界、文化、遗产三个维度思考和规划工作，打造一个世界的灵山，一个文化的灵山，一个遗产的灵山。具体包括三个方面：

1. 世界的灵山

灵山具备成为世界级景区的各种基础条件：灵山具有世界性的文化基础；具有世界范围的宗教信仰；具有世界范围的观光人群；具有世界水平的

景观建造。世界灵山的发展目标就是指要把灵山打造成为一个具备世界级文化和景观旅游价值的灵山；一个具备接待世界不同文化、社会背景的区域、国家、地区游客的服务设施和服务水平的灵山；一个具备在世界范围内主动传播灵山文化、树立灵山国际形象、与世界旅游市场和相关文化机构进行持续沟通、具有良好交流意识和能力的灵山；一个在世界性区域或行业内、乃至全球范围具备广泛影响力的灵山。

2. 文化的灵山

文化灵山的目标就是立足现有景区文化基础进一步发展创新，把灵山打造成为一个最经典、最全面的佛教文化展示区；一个把佛教文化做到极致的文化主题园区；一个展示文化、传播知识、感悟人生、服务社会的复合化、多元化的文化景区；一个佛教徒交流、朝拜的圣地；一个国际佛教研习中心和国际佛教文化交流中心。

3. 遗产的灵山

2005 年 9 月 4 日，由无锡市旅游局和灵山景区共同举办了"创造新的文化遗产——中国知名文化主题园区灵山论坛"，著名旅游专家魏小安先生在其所做的《创造未来文化遗产》的报告中指出："我们后代能从文化中享受的利益将由今天的决策所决定，我们可能是能够选择文化建设和创造未来遗产的最后一代人"。因此，灵山景区作为中国知名主题园区的代表，作为创造未来文化遗产的倡导者，首先就要做文化的创造者，而不是文化的终结者和守夜者；我们不但要站在文化的出口处，而且要站在文化的入口处；我们不能仅仅停留在津津乐道于前人的创造和智慧，开发和享受前人留下的文化遗存成果上，而是应该努力给后人留下新的文化遗产。"多留遗产，不留遗憾"，这就是灵山景区建设未来的目标。

（黄振林　任泳兆）

案例二　全面构建西湖新格局
打造世界级风景旅游区

　　杭州倚湖而立，因湖而兴。西湖是杭州的根与魂，是杭州旅游业发展的核心因素和基本条件。保护、管理、建设好西湖，一直是摆在杭州西湖风景名胜区管委会面前的重要课题和职责。

一、西湖发展历史的简单回顾

　　杭州西湖风景名胜区是国务院首批公布的国家级风景名胜区，素以秀丽清雅的自然景观和璀璨丰蕴的人文景观而名闻中外。风景区面积约 60 平方公里，拥有近百处国家级、省级、市级文物保护单位，目前对外开放的景点近 100 处，年均接待国内游客 2000 多万人次，入境游客 80 余万人次，是杭州构筑国际风景旅游城市的"金字招牌"。

　　西湖是自然美与人工美完美结合的典范。西湖的发展历史，就是一部不断对西湖进行保护与建设，不断赋予西湖以人工美的历史。西湖又称金牛湖、明圣湖、钱塘湖，最初由潟湖发展而来。汉代湖东还是一片沙洲，从东晋到隋代，在灵隐、天竺和玉泉山一带相继建起了一些寺庙。唐德宗年间，杭州刺史李泌开六井，引湖水，结束了西湖的咸水时代。唐长庆年间，白居易任杭州刺史，重修六井，发动民工加高湖堤，修堤筑闸，增加了湖水容量。经过治理开发，一些西湖著名的景点在唐代已有了雏形，如望湖亭、白堤等。吴越国时，钱王将西湖整治成白堤绿柳成阴、芳茵遍地，环湖寺庙遍布，孤山楼阁宛若蓬莱的胜地，并修造了保俶塔和雷峰塔。北宋时，范仲淹、苏轼又对西湖进行治理，特别是苏轼疏浚西湖，修筑苏堤，在堤上遍植芙蓉、杨柳、桃树，塑造了"四面荷花三面柳，一城山色半城湖"的千古美景。南宋迁都杭州给西湖带来了又一次繁华，出现了名传千载的"西湖十景"，成为西湖风景的代表。元末，有人仿西湖十景又创"钱塘八景"。明代，杭州知府杨孟瑛重又疏浚西湖，恢复了三潭印月、湖心亭，重修了苏堤、白堤，用湖泥堆筑杨公堤，使西湖恢复了唐宋时期的旧观。清代，还增加了"西湖十八景"。

建国后，对西湖山区进行了大规模的绿化，重点建设了一大批公园，如花港观鱼、柳浪闻莺、曲院风荷、虎跑、龙井、黄龙洞、玉泉山等，并对六和塔、灵隐、岳坟等文物古迹全面修复，风景游览道路畅通无阻，山区游步道四通八达，西湖风景林总面积达 3800 余公顷，满山苍翠，郁郁葱葱。1986 年自钱塘江引水入湖工程竣工，西湖水质得到极大改善，随后规划建设了太子湾公园、曲院风荷、吴山城隍阁景区、杭州花圃等。1984 年，经全国十余万人投票推荐产生西湖新十景，与西湖原来十景合称为西湖二十景，西湖的知名度与日俱增。

正是由于李泌、白居易、苏轼、杨孟瑛等为始的历代先贤们爱护西湖、保护西湖的传统和精神薪尽火传，造就了今日西湖"长堤数痕，岛浮几点"的基本格局和绮丽景致。竺可桢先生曾说：西湖若没有人工的浚掘，一定要受天然的淘汰，现在我们尚能泛舟湖中，领略胜景，这也是人定胜天的一个证据了。而正由于西湖的存在，杭州才被誉为"人间天堂"，西湖已深刻地体现在杭州城市的发展长河之中，充分体现在杭州文脉的发展嬗变之中。因此，在 21 世纪的今天，对西湖进行全方位的保护，既是历史的延续与必然，也是新时代的杭州实施"环境立市"、"建设现代化国际风景旅游城市"等战略的现实需要。

二、西湖保护发展的现状

建国以后，虽然西湖风景名胜区的保护、建设和管理已经取得了很大的成绩，但在相当长时期内，依然存在西湖周边资源分割、管理体制不顺、景区城市化现象严重、部分地区脏乱差现象严重等问题。理顺管理体制，全面保护、管理西湖，已迫在眉睫。2002 年，杭州市委、市政府进行三区体制调整，成立杭州西湖风景名胜区管委会，与市园文局两块牌子一套班子，全面负责对西湖风景名胜区的统一管理工作，为西湖的保护发展提供体制上的保障。面对新的机遇和挑战，杭州西湖风景名胜区管委会全体干部职工，团结一致，开拓创新，攻难克坚，不断铸就了西湖新的辉煌，创造新的奇迹。

1. 实施西湖综合保护工程，提升杭州旅游景观质量和城市品位

为让西湖山水资源既能传诸久远，又能造福当代，自 2002 年起，杭州西湖风景名胜区管委会在市委、市政府以及社会各界的关心支持下，深入实施西湖综合保护工程，在充分展现西湖原有风貌和特色的基础上，构建"东热南旺西幽北雅中靓"的西湖新格局，着力将西湖打造成为自然景观优美、人文景观丰富、服务设施一流、交通便捷通畅、环境整洁卫生、管理科学合理的世界级旅游景区。同时进一步提升杭州城市的知名度和美誉度，增强杭州旅游业的核心竞争力，提高城市的综合竞争力，加快杭州现代化国际风景旅游城市建设步伐。

2002 年杭州西湖风景名胜区管委会完成西湖南线整合工程，对北起湖滨一公园、南至长桥公园的西湖南线进行整合，共拆迁居民 480 多户、单位20 家，拆除有碍景观和沿湖贯通的建筑 65000 余平方米，拆除围栏 250 米，开挖水面26900平方米，复建历史文化景观 18 处，同时还恢复了雷峰塔、万松书院等景点，形成了南线"十里环湖景观带"。这样更好地体现杭州"三面云山一面城"的城市特色。

2003 年，杭州西湖风景名胜区管委会对杨公堤景区、新湖滨景区和梅

家坞茶文化村三大景区进行改造,共拆除各类建筑近 32 万平方米,减少景区人口 6300 多人,新增绿地 85 万平方米,种植各类水生植物 100 多万株,恢复了茅家埠、乌龟潭、浴鹄湾、金沙港等水面共计 90 公顷,挖掘推出历史文化景观 36 个,基本复原了 300 年前西湖的原貌。同时,完成了西湖疏浚工程以及引配水工程,使西湖的年配水量达 1.2 亿立方米,西湖水实现一月一换,水质得到极大改善。

2004 年杭州西湖风景名胜区管委会又对西湖北线(主要是北山街)以及西湖周边的"一街、二馆、三园、四墓、五景点"等 15 个历史文化景点进行了修复整治。通过实施宝石山林相优化、北山街夜景灯光、历史建筑保护整修工程,以及北山街、葛岭路、栖霞岭路道路两侧建筑立面及滨湖绿地等的一系列整治,北山街现已成为以秀美山水为载体,以历史文化为灵魂,以近代建筑为骨架,集自然与人文景观为一体的历史文化街区。其他如龙泓涧、朱家里、中国茶叶博物馆、苏东坡纪念馆、云栖景区、龚佳育墓等的整治,让这些散落在西湖周边的明珠更加熠熠生辉。由此,西湖"东热南旺西幽北雅中靓"的大格局得以基本形成。

2005 年,杭州西湖风景名胜区管委会又实施了西湖两堤三岛、龙井茶文化景区整合工程、韩美林艺术馆、西湖博物馆等 8 项工程,已经在国庆节建成开放,实现西湖的第四次推出。届时,"东热南旺西幽北雅中靓"的西湖新格局真正形成,西湖综合保护工程将画上一个圆满的句号。

西湖综合保护工程的实施,使景区环境明显改善,城市文脉得以延续,杭州旅游形象和竞争力大幅提升,产生了巨大的生态效益、经济效益和社会效益,西湖向实现"申遗"的目标迈进了一大步。2004 年 6 月,西湖湖西综合保护工程与"神州五号发射塔"等其他 9 项工程一起,荣获 2003 年全国十大建设科技成就奖,成为中国优化城市生态环境的典范。2003 年 10 月,江泽民视察了名胜区 30 多个公园景点,对名胜区的保护管理特别是西湖新景区给予了高度评价。2004 年,联合国世界遗产中心主任弗郎西斯·班德林在乘船参观了湖西等景区后,高度赞赏杭州市在西湖保护方面取得的巨大成效。国际美学学会主席阿诺德·伯利恩特对西湖的整体环境和景观尤其是杨公堤景区给予了很高评价，认为"这样别具风味的景观，在世界上也是不多见的"。他说：如果原来的西湖代表了杭州悠久的历史文化，那么新西湖则代表了创新和未来，两者相得益彰。国际古迹遗址理事会协调员尤嘎·尤基莱特在西湖考察时也指出：西湖符合申遗的条件，无疑是潜在的世界遗产。

如今的西湖新景区，已成为游客和市民争相游览的首选目标。2002 年至 2004 年的"十一"黄金周游客量从 2002 年的 240 余万人次上升到 2004 年的 300 余万人次，总体呈逐年上升趋势。2004 年杭州入境旅游、日本客、国内游"三大旅游指标"实现"三大突破"，均超过历史年度最高水平，西湖综合保护工程真正拉动了杭州的"眼球经济"，促进了杭州经济社会全面协调发展。

2. 免费开放杭州西湖公园景点，树立杭州"大气开放"的城市形象

根据杭州市委、市政府提出的"还湖于民、还绿于民"的目标，杭州西湖环湖景区和综合整治后新增景区实行免费开放。2002 年 10 月，杭州西湖风景名胜区管委会将西湖南线的涌金公园、柳浪闻莺、学士公园、长桥公园等四大公园以及中山公园实施免费开放；2003 年 10 月又免费开放了位列"西湖十景"的花港观鱼、曲院风荷以及杭州花圃；2004 年 10 月又对西湖综合保护工程整治后的 15 个历史文化景点中的 13 处实行免费开放；此外，2003 年 5 月 18 日（国际博物馆日），又免费开放杭州市园林文物局所属的六大博物馆、纪念馆。至今，西湖风景区免费开放的公园景点（博物馆、纪念馆）共 53 处，占西湖公园（博物馆、纪念馆）总数的 70%。没有围墙、不收门票的完整西湖将自己的每一寸绿地和每一处景观还给了广大市民和游客。

免费开放的环湖大公园，使西湖这一公共资源真正实现经济效益、生态效益、社会效益的最大化和最优化。一是增加西湖旅游承载容量，改变旅游

"北热南冷"、游客过于集中于几个传统景点等不均衡状况。原来游客罕至的西湖南线，2002 年国庆节刚刚经整修开放，就成为各地游客争睹的旅游热点；2003 年完成的"西湖西进"工程，使湖西增加了上千亩水域，使西湖扩大了五分之一，还丰富了西湖的景观内容。二是给杭州旅游业带来了前所未有的发展空间。据杭州市旅委发布的统计数据显示，2004 年与沿湖景区未开放前的 2002 年相比，杭州旅游业收入递增 38%；接待国内外游客递增 9%；旅游业收入占杭州市 GDP 的 16%。"免费西湖"在吸引广大游客的同时，也给杭州市的餐饮、住宿、商贸、交通等相关行业带来了无限的商机，使杭州的旅游经济增添了持续的发展动力。统计数据显示，2004 年与沿湖景区未开放前的 2002 年相比，杭州宾馆、饭店的出租率递增 6 个百分点；在杭州平均逗留时间增长 12%；游客人均消费递增近 10%。三是成为促进杭州整体竞争力提高的重要一环。2003 年年底，世界银行发布的《改善投资环境，提升城市竞争力：中国 23 个城市投资环境排名》报告中，杭州排名第一，投资环境最好；2003 年中国城市投资环境排行中，杭州从无到有，排名第六；2004 年 3 月，日资企业评价 75 个城市或开发区，杭州排名第一；2004 年 9 月，《福布斯》中国最佳商业城市排行榜中，杭州从 660 个城市中脱颖而出，排名第一；2004 年 11 月，国家统计局公布了 2003 年全国百强城市，杭州排名第八。

3. 全面加强景区保护规划与管理，优化杭州旅游环境

要打造全国领先、世界一流的风景旅游区，真正使西湖成为老百姓的"摇钱树"和"金饭碗"，管理是基础。2002 年至 2005 年，西湖风景区整治和新增的全开放式免费公园景点面积共 846 公顷，西湖水域面积新增 80 公顷，景区管理面临空前的挑战。为此，西湖风景名胜区紧紧围绕创建全国文明风景旅游区活动和创建国家 5A 级风景区工作，围绕"从严、长效、精细、民本"要求，全面推进景区各项管理工作。

（1）完善法规，加强规划。杭州西湖风景名胜区管委会相继依法制订

了《杭州市西湖水域保护管理条例》、《杭州市文物保护管理若干规定》、《杭州市公园管理条例》，重新修订了《杭州西湖风景名胜保护管理条例》，不断完善风景区的管理法规体系。同时，进一步完善了景区各项规划、制度，开展《杭州市风景园林文物事业和西湖风景名胜区经济社会发展"十一五"规划建议》编制工作，拟定区（局）法制建设规划，依法有效保护和改善风景区各类资源。

（2）健全组织，规范制度。杭州西湖风景名胜区管委会针对公园免费开放的新形势，组建了景区巡查工作组，对整个风景区进行24小时动态督查，发现问题及时督促相关单位整改。先后制订印发了《景区巡查管理工作办法》、《景区长效管理考核办法》等一系列规章制度，签订景区管理目标责任书，建立景区管理工作联席会议制度，促进管理工作规范化、制度化。

（3）整合资源，创新机制。形成景区行政执法、景区公安和风景园林管理队伍执法联动，对沿湖开放景区实行24小时管理的工作模式，打击景区各种不文明行为。杭州西湖风景名胜区管委会设立景区管理24小时投诉中心，组建了市政市容、园林养护、行政执法三支快速反应队伍，负责处理日常管理上的应急情况。针对风景区内的指路牌设置较为混乱的现象，杭州西湖风景名胜区管委会委托编制了《杭州市西湖风景区指路牌规划》，新的指路牌在2005年国庆节前全面完成安装。此外，杭州西湖风景名胜区管委会还深入开展景区精品公园建设，推进"双最"公园评比活动，启动ISO9001:2000和ISO914001:2004质量认证和环境管理体系工作。

（4）加强"景中村"管理。杭州西湖风景名胜区管委会专门出台《西湖风景名胜区"景中村"管理办法》，并在西湖街道办事处设置景区管理科，在梅家坞、双峰等游客较多的村成立常设管理机构，还组建了西湖街道执法中队，加强对"景中村"违法、违章和各种不文明行为的查处；同时，通过星级茶楼评比等激励机制，增强村民的管理意识，保护茶文化的金字招牌，共同巩固西湖综合保护工程的建设成果。

通过加强管理，景区面貌和秩序呈现新的面貌，推动了杭州城市文明水准的提高。近年来，西湖风景名胜区荣获"中国顾客十大满意风景名胜区"称号，得到省创建全国文明风景旅游区考核组的高度评价；2005 年 8 月 9 日至 12 日，杭州西湖风景名胜区管委会又顺利完成了创建全国文明风景旅游区测评组的迎检工作。

4. 加大经营西湖力度，打响杭州"旅游国际化"品牌

"建设现代化国际风景旅游城市"是杭州城市发展战略目标之一。西湖风景名胜区紧紧围绕这一目标，整合资源，挖掘历史文化内涵，不断推出有特色的旅游景点，加快推进旅游文化标志性项目的开发与运作，加强招商引资力度，创新促销手段，接轨上海、推进长三角区域合作。一是做好西湖龙井茶文章，不断加强与在杭国字号涉茶机构的战略合作，打响"茶为国饮、杭为茶都"的品牌。在 2005 年 4 月中旬举办"茶为国饮、杭为茶都"高级论坛，中国茶叶学会等 10 家单位联合授予杭州为"中国茶都"称号，正式确立了杭州"中国茶都"的地位。同时杭州西湖风景名胜区管委会进一步挖掘杭州茶文化的资源优势，对龙井茶的发源地和核心产区——龙井村以及龙井寺实施整治，力争将其打造成精品亮点，成为赶超梅家坞的又一茶文化旅游热点和"中国茶都"的最好实证。二是着手开发杭州旅游文化标志性项目。与张艺谋团队合作的西湖标志性旅游项目"印象·西湖"的演出设计已有了很大的进展。三是积极开展文化活动。成功举办三届"相约西子湖"文化活动，打造杭州文化活动品牌，吸引周边国家和地区的文人参与，提高他们对杭州和西湖的认知度；和浙江京昆联谊会联袂开辟"杭州西湖新梨园"，使美景与好戏相映成趣，成为戏曲艺术文化的新热点和景区的又一亮点。四是增强景区对外吸引力，实行多渠道招商，培育"有特色、档次高、聚人气、能持久"的经营项目，使之与一流的环境相匹配。五是积极拓展上海市场，在上海成立西湖公园年卡发售中心，接轨大上海，融入长三角，发挥同城效应，赢得了较好的社会反响。六是实施高丽寺复建工程，将其作为吸引韩国游客的宗教文化产品推出。

5. 加强西湖的研究工作，推进杭州创"历史文化名城"进程

研究是前提，没有研究就不能科学地保护、管理和经营西湖。同时，作为城市的根和魂，西湖所蕴涵的丰富历史文化，是杭州历史文化名城的最重要、最宝贵的组成部分。因此，西湖风景名胜区围绕杭州"建经济强市，创历史文化名城"的目标，不断加强对西湖的研究。2004 年成立了西湖学研究会，西湖研究院作为西湖综合保护工程的"软工程"，也于 2005 年国庆前挂牌成立，组织开展西湖学研究，负责西湖史料的整理、编撰工作。2004 年成立的西湖文献研究室，在西湖文献史料征集方面成果显著，共征集到各类西湖文献资料 2546 件，其中建国 50 年来有关西湖的基础资料收获丰富。积极开展编撰《西湖丛书》及《西湖通史》等"研究西湖"的文化工程，自 2004 年开始至今，进展顺利。同时，杭州西湖风景名胜区管委会重视挖掘利用西湖的名人资源，组织开展杭州（西湖）名人的课题研究工作，有计划、分期分批进行杭州历代名人的研究和宣传工作。已编制的《2005 年杭州十大名人纪念宣传方案》，于 2005 年年底前推出，此外还出品 40 集电视连续剧《红顶商人——胡雪岩》，加强杭州历史文化资源的利用，发挥名人、名湖、名城的优势，推进杭州创历史文化名城的进程。

回顾近年来西湖风景名胜区的工作，要进一步推进西湖风景名胜区的全面发展，实现与国际风景旅游区接轨，就必须牢牢把握保护这一主旋律，创新这一原动力，科学规划，规范管理，加强经营与研究。尽管西湖风景区取得了一定成绩，但与先进风景区相比还有一定距离，从创建国内领先、国际一流风景名胜区的要求来衡量，各项工作仍需进一步加强。

（杭州西湖风景名胜区管委会）

案例三 浅谈武夷山景区旅游的发展思路

——在中国旅游景区发展研讨会上的发言

中国加入世界贸易组织以后，旅游业面临着巨大的机遇和挑战。目前，我国已进入全面建设小康社会阶段，国民经济仍将以较高速度向前发展，人民生活水平进一步提高，越来越多的国民加入旅游者的行列。同时，随着全国各地加大对旅游基础设施投入、加大产品开发以及旅游政策扶持的力度，旅游市场竞争变得越来越激烈。改革开放的历史机遇和独特的资源优势为武夷山旅游业的快步发展带来了难得的契机，同时也促进了旅游业在武夷山经济中战略地位的形成，加快发展旅游业是经济发展的必然选择。

自 1982 年武夷山被国务院列入首批国家风景名胜区以来，经过 20 多年的发展，特别是近几年来，按照"一个提升、两个拓展、三个同步"的发展思路，景区的面貌发生了深刻变化，景区发展态势良好，武夷山（市）先后被授予中国优秀旅游城市、全国文明风景旅游区示范点、国家 4A 级旅游区，1999 年 12 月 1 日被联合国教科文组织批准列入《世界文化与自然遗产名录》，成为具有世界级品牌的风景名胜区，并填补了福建省世界遗产地的空白。武夷山景区近些年发展态势良好，在此基础上，2004 年又有新的起色。2004 年景区旅游总收入突破 1.5 亿，竹筏旅游人数突破 85 万人次，各旅游景点旅游人数突破 70 万人次。但与兄弟景区相比，武夷山在知名度、美誉度和旅游市场占有率等方面还存在一定的差距，景区的软、硬件建设还不够完善。面对国际、国内旅游市场带给我们的压力和挑战，如何在国际、国内旅游市场占据一席之地，在竞争中掌握主动权，如何使经济效益、社会效益和环境效益三者协调统一发展等，将是武夷山景区面临的一系列重要课题，为此，武夷山景区将着力做好以下工作。

一、严格保护，统一管理

景观资源，无论是自然景观还是人文景观都具有脆弱性，因此资源保护是旅游业发展的基础工作。近年来，国内景区由于保护力度不够或只重开发而轻保护，造成旅游资源过度消耗和生态环境恶化的例子屡见不鲜，教训是深刻的。旅游经济要发展，旅游资源要保护，保护为了发展，而发展又促进保护。如果以牺牲资源为代价发展旅游求得经济的发展，经济只会越搞越糟。因此，必须实行可持续发展战略，正确处理资源保护与经济发展的关系，做到发展以保护为前提，以保护促进发展，促进人与自然的协调发展，从而实现生态、经济、社会的高度统一。一是要认真执行联合国教科文组织对世界遗产地的法律法规，依法保护、依法治景、健全和完善保护制度，确保武夷山世界遗产地的资源不受破坏和影响。二是按照《武夷山风景名胜区总体规划》的要求，划定区域，分开核心区和建设区，核心区分一、二、三级保护区。一、二级保护区严格保护，三级保护区可安排小量的安全设施和商业网点，宾馆、餐馆一律设在建设区。这就保证核心区的清闲与优美的游览环境，保证建设区有齐备、配套的服务设施。三是成立一支专业化、素质高的保护队伍，从事动、植物保护和遗产地监测等工作，建立健全各种保护管理制度，促使武夷山的保护工作进一步规范化、标准化、国际化。四是景区环境管理导入 ISO14001 环境管理体系和 ISO9001 质量论证体系，取得认证，使景区保护管理、开发建设、旅游服务等各方面步入规范化、制度化的轨道。

二、科学开发，合理利用

旅游资源是旅游经济运行中构成旅游吸引物的基础，旅游资源的开发利用使潜在的旅游资源成为现实的旅游资源并产生经济效益，从而促进旅游资源开发、旅游设施的完善、旅游服务的提高，这些都是以景区项目为基础的。因此，景区项目的规划、开发、储备是景区发展战略中十分重要的一环。20多年来，武夷山景区对项目工作十分重视，做了大量努力。特别是近年来进一步完善了旅游基础设施，改建旅游主干道，修整步游道。进一步开发了旅游资源，开辟了新的旅游线路，完善景点建设，美化了旅游环境。这些项目的开发建设大大提高了武夷山品牌含金量，使武夷山成为世界性的旅游资源。当前，旅游形势不断发展，在旅游市场激烈竞争中，武夷山景区项目将如何适应发展需要呢？

1. 核心景区

随着旅游业的发展，客源与日俱增，核心景区如何提升？一句话就是要提升旅游活动的基本要素质量，即提升旅游资源的吸引度，旅游设施的完善度，旅游服务的满意度。自1999年武夷山被列入世界遗产名录后，随即开始了世界遗产二期环保工程，该工程的实施旨在提高遗产地的保护水平和管理力度，提升景区的品位和竞争力，促进旅游资源向经济优势转化，带动产业升级，从而实现武夷山旅游事业可持续发展。该项目总投资3.278亿元，目前累计完成投资2.01亿元，景区村民外迁1155户，公建项目23个单位，拆迁面积26万平方米，新建安置面积25.186万平方米，新建景区外环过境公路28.3公里，改造提升公路等级24.15公里。并组建旅游环保观光车队，可有效地分流过境的社会车辆，降低汽车尾气和噪声污染。正在逐步实施的景区智能化管理系统将对景区保护、旅游观光、资源配置等进行科学化、规范化管理。

2. 上游生态景区

生态旅游是20世纪80年代以来在国际上兴起的一种新型旅游活动和产品，包含了绿色之旅、环保之旅、个性之旅和责任之旅，是一种高层次的旅游方式，已在旅游业发展中显示了它巨大的生命力。大峡谷生态公园座落在九曲溪上游，位于景区和自然保护区之间，堪称武夷山风景名胜区的"后花园"、自然保护区的"缩影"，园内保存有大片天然阔叶林、典型的中亚热带森林植被、丰富的动物资源、迷人的溪流飞瀑、多姿多彩的自然生态和人文景观。开发大峡谷生态旅游必将极大地拓展武夷山的旅游区域和容量，与核心景区形成优势互补，从而极大地提高武夷山的旅游内涵，有效地缓解主景区过多的游客流量。目前，已开发的森林公园、青龙瀑布、大峡谷漂流等项目，是上游生态旅游的新亮点，并且获得了很大成功。

3. 下游文化景区

武夷山4000多年来形成的人文景观和历史遗存积淀丰厚、内涵多彩、颇具特色，是人类的共同财富、是世界文化遗产的重要组成部分，也是武夷山文化旅游的优势。古越汉城遗址就是一种已消逝的文明的见证，拓展下游古越汉城遗址景区，让更多的人走进古越汉城，了解已消逝在历史长河中的古文化和古文明，是发展武夷山旅游新格局的战略决策。古越汉城遗址景区是可为游客提供求知、休闲活动的文化旅游产品。要在原有的基础上，增加基础设施建设、深挖古越文化的内涵，依托博物馆充分展示其文化遗产；同时结合当地民俗风情，编创独具特色、游客参与的古越风情活动，在可视性和参与性上做文章。

4. 对外拓展新疆喀纳斯景区

现在全国各地都在积极开发各具特色的自然及人文旅游资源，为了保持武夷山景区在风景区管理、开发中在全国处于的领先地位，武夷山风景区将采取输出管理、对外投资、兼并收购等方式，积极参与国内旅游资源的开发和建设。2005年武夷山景区投资了新疆喀纳斯景区。喀纳斯景区位于新疆阿勒泰地区布尔津县，处于中国的最西北角，与蒙古、俄罗斯、哈萨克斯坦三国交界。阿勒泰地区是中国寒温草原中植物种类最多、真菌类资源丰富的地区。区内有 27 种动物列入国家级保护动物，近年来还发现了世界珍稀动物——马鹿的活动踪迹。传说中的"湖怪"，以及还保存着纯蒙古风情的图瓦人，都对中外游客具有莫大的吸引力。目前，喀纳斯景区已开发了游艇观光、冰川考察、漂流、垂钓、狩猎等特色旅游项目。

三、把握重点，全面营销

如今，武夷山的旅游范围已从原来的 79 平方公里增至 512 平方公里，主要旅游景点从原来的 3 个增至 16 个，旅游日接待能力则扩大到 4.5 万人次。虽然旅游容量有所增大，旅游人数并没有呈明显上升的势头。如何在全国景区数量增多、游客可选择余地加大的情况下开展有效的市场营销已成为首当其冲的任务。

由于旅游者的个性、偏好不同，他们所期望在旅游消费中获得的收益也不尽相同，旅游者自身日益成熟的旅游观和更加理性的旅游消费，包括旅游者的旅游方式、旅游动机、旅游期望及具体的活动安排等，使传统的观光旅游已经远远不能满足这些旅游者的需要。旅游者新兴的、深度的旅游意识也给旅游营销活动赋予了新的内容，提出了新的要求，而景区营销该如何加强呢？

1. 体验营销

所谓的体验营销就是从消费者的感官、情感、思考、行动和关联五个方面重新定义，设计营销理念，每个旅游者在旅游过程中的行为模式都是由四个环节构成的，分别是看、听、使用和参与。因此在营销中要以旅游产品为道具，充分调动旅游者的行为与感官，组织、创造出能让旅游者产生回忆的活动，同时注重旅游者与产品的互动。目前武夷山的诸多景点仍然以被动观光为主，能够让游客主动参与和体验的产品还是少数，今后的营销活动中要适当增加这方面的比例。

2. 主题和共生营销

旅游市场日益分化成若干大小不一的细分市场，由于旅游者的个性、偏好不同，导致他们对旅游产品有不同的需求，而景区营销要增强旅游敏感度，提高洞察力及预见力，把握游客的心理，不断推出吸引游客的主题项目，以适应旅游需求日趋个性化和差异化的发展趋势。其中最重要的是必须依托景区的旅游资源。根据游客的不同需要，进行产品深度开发，组合具有突破性、兼具品质与品位的产品，以赢得竞争优势及自己的市场份额。这是一个浩大的工程，仅靠景区本身的力量是很不够的，这就要求景区必须联手其他相关机构、组织共同完成。比如不同的旅行社可以带来不同偏好的游客群体，景区可寻求与旅行社进行合作营销，共同创造适合的产品，旅游者将对按自己的要求而"定制"的旅游安排越来越感兴趣，与旅行社和消费者之间的相互融合将创造出绝对个性化、不能轻易替代的旅游产品。

3. 联合营销

建立有效的联合营销机制。与上海、郑州、南京、南昌、武汉等各主要客源城市进行联合营销，从各市本年度旅游宣传营销专项经费中列支城市旅游联合营销协作的工作经费，作为共同开展联合营销的经费。各城市可将协作体各成员单位的宣传资料及时投放于本市的旅游饭店、车站等场所，以加强协作体各成员间的相互营销。在对协作城市旅游资源进行比较的基础上，发挥区域资源整合优势，开展联合踩线工作，组合成若干条别具特色的旅游线路，形成区域旅游产品，构成武夷山和协作城市最具竞争力的精品旅游线路。

新的时期，新的机遇，展望武夷山景区的旅游业，发展潜力巨大、前景光明。我们要认清形势，振奋精神，按照科学发展观，开拓创新，扎实工作，创造武夷山景区更加辉煌的明天。

（武夷山风景名胜区管理委员会）

案例四　打造云台山水品牌
构建和谐文明景区

云台山风景名胜区位于河南省焦作市东北部修武县境内，有红石峡、潭瀑峡、泉瀑峡、青龙峡、猕猴谷、茱萸峰、百家岩、万善寺、叠彩洞、子房湖等十大景点，总面积 190 平方公里，是一处以太行山自然风景为主体、奇异水景为特色、悠久文化为内涵，可供人们旅游度假、休闲娱乐和开展科普、科研活动的大型综合景区。

近年来，随着我国对旅游产业政策的不断倾斜，云台山景区乘势而上，紧紧围绕"建精品景区、争全国文明、闯国际市场、树世界品牌"的工作目标，不断加大文明开发、文明经营、文明服务、文明管理的力度，为广大游客营造了优美的旅游环境，同时又在拥有国家重点风景名胜区、国家森林公园、国家级猕猴自然保护区三个国字号招牌的基础上，成功地被国土资源部、水利部、国家旅游局命名为国家地质公园、国家水利风景区、国家4A级旅游区，纳入了全国假日旅游预报系统，以全国第三、世界第五的名次被联合国教科文组织命名为全球首批世界地质公园，实现了由区域性景区向世界级景区的跨越，创造了全国瞩目的"云台山现象"。目前，云台山已成为全国旅游的知名品牌，先后被中国作家协会、中国摄影家协会确定为文学创作生活基地和全国摄影创作基地，获得"全国创建文明风景旅游区工作先进单位"、"全国青年文明号"、"全国保护旅游消费者权益示范单位"、"保护消费者权益质量管理、服务信誉用户双满意先进单位"、首批"河南省省级文明风景旅游区"、"省级文明单位和河南省十大旅游热点景区"、"旅游特殊贡献单位"、"河南省人居环境范例奖"及"青年文明号十年成就奖"等110个荣誉称号,引起了各级领导和社会各界的关注。中共中央政治局常委、全国政协主席贾庆林,中共中央政治局常委李长春,中共中央政治局常委、政法委书记罗干,中共中央政治局委员、中央书记处书记、中宣部部长刘云山,中共中央政治局委员、国务院副总理吴仪,全国人大副委员长韩启德,全国政协副主席、中央统战部部长刘延东,全国政协副主席张思卿、周铁农、罗豪才、陈奎元,中共中央委员、最高人民检察院检察长贾春旺,原全国人大副委员长姜春云等180多位国家、省部级以上领导先后到景区视察,全国20多个省、市、自治区的兄弟部门和知名景区也先后到景区进行了考察。

2000年,景区接待游客人数仅为25万人次,门票收入400万元;2004年,游客人数达到168.96万人次,门票收入9005.5万元,分别比2000年增长了576%和2151%。景区的发展还有力地拉动了修武县相关产业和县域经济的发展。2004年,全县宾馆饭店达到282家,比2001年增长了10.3倍,接待床位达到11225张,较2001年增长了近2倍,旅游业占全县GDP的比重达到12.9%,拉动第三产业增长了11个百分点,拉动GDP增长了4.3个百分点,旅游业作为支柱产业的作用愈加显现。

云台山景区之所以会在短短3年多时间内取得上述成绩,得益于各级领导对旅游业的高度重视和各级旅游部门的大力扶持。云台山主要是根据"做精做大做强旅游业"的要求,重点做了以下几方面工作。

一、开发建设人性化,为游客提供舒适的旅游配套设施

旅游活动的对象是游客,游客出游的目的是追求身心愉悦,从这个意义上说,抓景区开发,必须坚持以人为本,一切从游客的满意度、舒适度出发。对于云台山来说,把一个拥有优美自然风光、丰富地质遗迹、深厚文化底蕴的景区建成全国一流的文明、诚信、安全、高效、游客满意的景区,其

前提是必须有一个以人为本、高起点、高水平的建设规划。为此，云台山景区在以人为本的前提下，综合考虑资源保护、合理开发、永续利用等因素，分别于 2002 年和 2003 年聘请北京建工建筑设计研究院、中科景苑城乡规划设计院对景区根据"自然、和谐、环保"的原则进行了重新定位，并编制了控制性规划和详细规划。

按照规划，云台山先后投入 5 亿元巨资，对景区进行了高标准的建设。目前，景区所有的入境道路全面硬化、绿化、美化；景区人行步道除了按照规划增设外，原有步道重新以游客的舒适安全感为标准，全部进行了铺设，并增添了仿树桩栏杆；景区的给排水工程、梯级水面工程档次高，贴近自然；各景点休息设施的外观、颜色、造型全部与周围环境相协调；掩映于青山绿水中的云台山游客服务中心，为游客在旅游接待、咨询、信息、环境教育、景点介绍等方面提供了全方位服务；集声、光、像于一体的高标准地质博物馆，为游人学习地质科普知识、了解地球演变历史提供了理想的场所，从而使一次只知其然，而不知其所以然的观光旅游上升为增长知识的高层次的科普旅游；按照规划和国家标准对旅游商品购物中心、山门、引导标识牌等进行了落实；完成了茱萸峰、百家岩、猕猴谷等景点综合开发工程，修建了水上太极拳表演舞台，将发源于焦作的陈式太极拳文化融于自然山水之中，全面提升了景区的人文内涵和文化品位。另外，2003 年云台山投资2700 万元，仅用 40 天时间完成了"电力、通讯、广电"三线治理地埋工程；2005 年年初又投资 1 亿多元，仅用 3 个月时间建成了一个集主体山门、售验票房、游客中心、购物中心及 5000 个车位的大型生态停车场于一体的综合服务区，创造了业内人士惊叹的"云台山速度"，实现了景区的人车分流，有效地解决了以往黄金周、双休日等旅游高峰期的交通拥堵问题。可以这样说，景区的一草、一木、一石、一牌、一店，栽什么草、种什么树、立什么牌，都严格按照规划进行实施，从而使景区达到了处处是精品、点点有特色的效果。

二、旅游服务精细化，让云台山成为游客的美好回忆

　　旅游是一种独特的体验，也是游客对某地的美好记忆。无论是记忆还是体验，其中都有情感和感受。所以说，"金杯、银杯，不如游客的口碑；金奖、银奖，不如游客的夸奖"。旅游产品的三个特点：一是消费者的可知性；二是消费者的满意度；三是消费者的口碑宣传及回头率。可知性指的是宣传，满意度、口碑宣传及回头率指的是服务。根据调查，一位游客对景区的评价直接影响到其周围朋友、同事、亲属 10～30 人。如何提高景区服务水平，为游客营造一个安全、舒适、温馨的旅游氛围，使每一个到过云台山的游客都自觉成为景区的义务宣传员？云台山在景区全面实施了 ISO9000 和 ISO14000 质量环境管理体系，开展了全国文明风景旅游区创建工作，着重树立了"三个理念"。一是树立"不让一个游客受委屈"的服务理念。通过不断提高从业人员素质，引进专业人才，规范旅游市场，打击不法商贩，切实将游客的利益放在了第一位。2001 年以来，景区未发生一起重大投诉事件，游客投诉率连续 4 年低于 0.05‰，2004 年仅为 0.026‰。二是树立"人人都是旅游环境"的服务理念。持续开展了"文明单位、文明商户、青年文明号"等创建活动。从班子成员到一般职工，从小处入手，见垃圾就捡，见不文明行为及时纠正，使"人人都是旅游形象，处处都是旅游环境"的理念深入人心，成为自上而下的自觉行动。三是树立"突出人性化"的服务理念。实行了安全责任制，通过采取不断完善旅游防护设施、设立救援电话、成立急救小分队、配备医疗救护车、在道路拐弯处设置信号灯和反光镜、充实人性化的引导和警示标识等措施，为游客创造了一个安全舒心的游览环境。针对残疾人、老年人等一些特殊群体，专门设置了残疾人厕位和无障碍通道，对 70 岁以上老人实行免票、60 岁以上老人平时半票、重阳节免费等门票优惠政策。近年来，云台山以优美的山水和突出人性化的精细服务，赢得了广大游客的赞誉。2004 年云台山的问卷调查显示，有 25% 的游客是通过亲朋好友推荐，慕名而来的。

三、市场营销品牌化，不断提高景区的形象力和吸引力

旅游经济既是品牌经济、知名度经济，又是注意力经济。云台山的发展面临着全国5个同名景区（其中2个国家级、3个省级）的严峻挑战，如何在竞争激烈的市场中搞好营销，吸引更多的游客，叫响河南云台山的品牌是当务之急，云台山在国家工商总局全面注册了云台山产品商标，根据不同游客群的不同需求，围绕"云台山水，峡谷极品"的品牌形象，对客源市场进行了认真分析，对宣传营销进行了科学定位，采取以下几种形式，成功策划了一系列声势浩大的宣传促销活动。

一是坚持大投入进行营销。近年来，云台山用于宣传促销的费用基本占到当年门票收入的10%～20%。2001年，宣传经费为200万元，占到门票收入的19.5%；2002年为540万元，2003年为980万元，分别占到当年门票收入的20%和21%；2004年，宣传经费为1380万元，2005年计划投入的宣传经费是1500万元。大规模的投入为营销工作提供了强有力的保障。

二是充分利用新闻媒体进行营销。采取动静结合、基础性与突破性宣传手段相结合的方式，连续4年（包括2005年）在中央一套、四套《午间气象预报》、新闻频道《天气资讯》、旅游卫视《今天》等栏目连续不断地推出云台山形象宣传，在河南卫视、阳光卫视、东方卫视、《中国旅游报》、《新民晚报》、《扬子晚报》、《河南日报》、《大河报》、香港《大公报》等省内外专业和强势媒体进行宣传推介。

三是充分利用各种活动进行营销。几年来，云台山除了参加国家旅游局组织的各类旅游交易会以外，还经常在京、津、鲁、冀、苏、陕、晋、皖等主要客源地召开旅游推介会，为推介景区发展提供了良好的平台。同时，还配合焦作山水国际旅游节，成功举办了每年一届的云台观瀑、九九登高等节会，组织了全国"云台山水、云台红叶"诗歌、散文、摄影大赛和云台山世界地质公园揭碑开园及周年庆典仪式，以及"世界旅游小姐游云台"等活动。每年投资近500万元独家承办央视五套现场直播的"云台山杯"

U－17中国国际青少年乒乓球挑战赛，取得了很好的效果。通过这些活动，云台山的形象吸引力空前提高。

四是通过制作高档次宣传品进行营销。采取户外固定形象宣传与做好形象宣传品相结合的办法，提高景区形象冲击力。先后在京珠高速（保定段、黄河二桥处和焦作出口处）、107国道黄河桥北、新郑机场高速等交通要道显著位置制作大型户外固定广告；印制了高档次的云台山风光画册，以及手提袋、扑克牌、光碟等宣传品。

五是着力提高景区内涵进行营销。为了进一步丰富景区内涵，提高云台山在国内外的知名度和美誉度，云台山管理局抢抓申报国家地质公园和世界地质公园的难得机遇，采取一系列超常规的措施，做了大量艰苦细致的工作，以全国第三、世界第五的排名一举成为全球首批世界地质公园，使云台山在较短时间内叫响全国、走向世界。同时，每年投入近50万元的资金，聘请中国地质科学院原院长、研究员、世界地质公园唯一的中国评委赵逊博士等国内外知名专家组成课题组，加强对云台山地质地貌的研究。在联合国教科文组织第一届世界地质公园大会上，有关云台山地质地貌的论文发表了6篇，是世界地质公园中发表论文最多的景区。景区照片还被联合国教科文组织印在了内部杂志的封面上。2005年年初，云台山又作为焦作经济转型的代表编入了高中地理课本，使景区的知名度大大提高。中国科技大学、中国地质大学、河南理工大学等全国知名院校先后将云台山确定为产学研实习基地，科技部和河南省科技厅也分别将景区确定为全国青少年科普教育基地和全省青少年科普教育基地。

六是充分利用网络平台和中间商进行营销。不断对云台山网站进行更新改版，利用中国旅游网、河南旅游网、焦作旅游网和新华网、中华网等网络平台，不遗余力地进行宣传。同时，与峨眉山、三亚、灵山等著名景区进行网络互动宣传，与全国近千家旅行社建立业务合作关系，构建了遍布全国的营销网络。

七是充分利用影视文艺作品的影响力进行营销。先后在景区拍摄了《春秋战国》、《吕布与貂婵》、《秦始皇》、《汉光武帝刘秀》等十几部影视剧。邀请阎肃、付林、石顺义、张卓娅、易茗、雷蕾、舒婷、汪国真等著名词曲作家和诗人到景区采风，创作了《云台恋歌》、《我在云台山》等十几首歌曲，并已经与两位著名歌唱家进行合作录制了 MTV。

此外，根据不同地域、不同类型游客的不同需求，适时推出了生态山水游、观瀑风光游、山水文化寻根游、地质科普游、秋之姿和冬之韵旅游热线等游览活动、精品线路，形成了月月有活动、季季有精品线路的格局，大大提高了景区的知名度。过去，云台山的客源市场仅限于河南省内及河北省，其他市场无从谈起；现在，客源市场已经遍布全国包括港、澳、台在内的各个省市，东南亚等国外市场也全面启动。主要客源市场已经由原来的半径300 公里区域，扩展到现在的半径 1000 公里区域。

四、环境保护长效化，保持景区的可持续发展

为处理好在景区发展过程中开发与保护的关系，将二者有机结合，实现资源的永续利用，云台山始终坚持"在开发中保护、在保护中开发"的可持续发展原则，狠抓生态环境保护和建设，重点打造生态景区，使云台山青山、绿水与红石相映，实现了生态保护与经济效益互促的良性发展。

1. 净化蓝天

随着景区游客的激增，每年数十万辆（次）进出景区的各类车辆排放出大量有害气体，为有效解决车辆尾气污染景区的问题，2005 年"五一"黄金周前，云台山投资 4000 多万元订购了 100 辆尾气排放达到欧Ⅲ国际标准的河南宇通豪华绿色观光巴士，开通了景区区间车，建立了便捷、高效的内部交通网络。

2. 保护碧水

2002 年，云台山子房湖发现了与大熊猫同等珍稀的桃花水母，为使这

种珍稀动物能够长期生存，景区牺牲每年数百万元的经济效益，对景区经营饭店等污染较大的项目进行了集中整治，取消了以往传统使用的燃煤等不安全、有污染的燃料，代之使用安全、节能、无污染的电热、太阳能等加热燃具，并推广使用了一次性环保餐具，实行配送式快餐制，切断一切可能污染水质的污染源，有效保护了桃花水母的生存环境。

3. 恢复青山

为保护景区原始的地形地貌，县委、县政府放弃了年产值约占全县工业总产值23%的采矿业的眼前利益，对全县采矿业进行了科学规划和合理布局，关闭、取缔了117家采矿点（企业）。在景区全面实施了退耕还林，除国家规定的标准以外，对景区退耕还林的群众给予了每亩300元的奖励。目前，景区内1200亩耕地已全部实现了退耕还林。为改善景区道路沿线山体景观，从2003年7月份开始，云台山引进内蒙古三普青方园林工程有限公司和北京绿冠生态园林公司先进的液体喷播技术，聘请澳大利亚专家担任技术顾问，首期投资300万元，完成了水库大坝上方和景区入口至核心景点沿线7公里长、约7万平方米的绿化、美化工作。为了解决后期养护过程中的用水问题，又投资安装了喷灌系统，由专人负责绿化养护，使裸露的山体重新披上了绿装，恢复了昔日的郁郁葱葱。

4. 美化环境

狠抓景区的环境卫生，建立了严格的卫生保洁制度，制定完善了景区经营户"门前三包"、"门内达标"责任制；充实环卫力量，对景区环卫队实行分段包干、量化考核的管理办法，确保景区随脏随扫，全日保洁；对景区内有碍观瞻的违规建筑和设施进行了拆除，更换景区内环保生态垃圾箱844个，合理分布在景区内，确保垃圾分类处理；严格按照设计标准化、造型景观化、设施宾馆化、品位高雅化、管理长效化的"五化"标准，改造、新建景区星级厕所15座、新技术循环水冲式生物降解生态厕所6座，购置环保式厕所 16 座，发动了一场轰轰烈烈的"厕所革命"。厕所建成后，每年用于卫生间手纸的费用就近 100 万元。由于措施到位，管理规范，景区厕所成为了一个文明的窗口，受到了各级领导和广大游客的一致好评。很多游客讲，云台山的管理怎么样，到厕所一看就知道了。

5. 和谐自然

云台山把景区的旅游资源划分为一、二、三级保护区，编制实施了"天然林保护"、"云台山生态林建设"等生态保护项目，制定了严格的保护措施，对千年红豆杉、千年五角枫、千年榔榆等珍稀植物进行了挂牌保护，增强了景区的生态旅游功能。对太行猕猴、金钱豹等珍稀动物，也采取投食喂养等保护措施，有效地保护了这些珍稀动物的种群。

（云台山风景名胜区管理局局长　韩跃平）

案例五　深圳华侨城：推进主题公园产业化发展　开创具有中国特色的旅游发展之路

　　华侨城是 1985 年 11 月经国务院批准成立的一个经济开发区，1997 年组建成立华侨城集团，现由国务院国有资产监督管理委员会管理。经过 20 年的发展，华侨城集团由原来几家作坊式的"三来一补"企业起家，发展成为一个跨地区的大型国有企业集团，形成了以康佳电子为代表的家电业，以波托菲诺高尚小区为代表的房地产业和以锦绣中华、世界之窗、欢乐谷等主题公园为代表的旅游业等三项主营业务。其中最具社会影响力的，是它的旅游业。1997 年，华侨城集团重组旗下部分优质旅游资产，独家发起并以募集方式设立深圳华侨城控股股份有限公司，并于 1997 年 9 月 10 日在深圳证券交易所挂牌上市。华侨城控股公司主要致力于主题公园及关联产业的投资建设。

　　华侨城旅游是华侨城集团的一张名片，它以主题公园为核心，以文化旅游为支柱，从兴建中国第一个主题公园——锦绣中华微缩景区起步，相继成功建设了锦绣中华、中国民俗文化村、世界之窗、欢乐谷等四大主题公园，以及深圳湾大酒店、海景酒店、威尼斯水景主题酒店、何香凝美术馆、暨大旅游学院、华夏艺术中心、欢乐干线高架单轨车、华侨城生态广场、华侨城高尔夫俱乐部、华侨城雕塑走廊、华侨城燕晗山郊野公园等一批旅游文化项目设施，形成了一个以主题公园为主体，集酒店、文化设施、体育场所、旅游院校、旅行社等旅游服务配套设施于一区的多元化旅游度假区。从第一个主题公园锦绣中华开业到 2005 年的 16 年间，度假区已经累计接待游客逾8217 万人次，实现营业收入 67.9 亿元，利润 20.3 亿元，打造了一个深受游客喜爱的旅游目的地，并先后荣获"全国文明风景旅游区示范点"、"全国文化产业示范基地"、"全国旅游系统先进集体"、"全国质量管理先进集体"等荣誉称号，在中国旅游业中独树一帜地实现了文化艺术、表演艺术与旅游的完美结合。

华侨城围绕着主题公园产业化的发展主线，重点解决了五个方面的战略性问题，即规模化发展的问题、结构优化的问题、市场竞争力的问题、发展资源的储备问题以及管理提升的问题。

一、规模化发展的问题：利用资本平台，建设旅游目的地

以 1989 年深圳锦绣中华的开业为序幕，华侨城在南中国的深圳湾畔逐步实现了建设独具特色的"华侨城·旅游城"的战略构想，完成了主题集群的拓展，完成了一座设施配套、功能齐全、内涵丰富的旅游城的建设。

在 1989 年投资的第一家主题公园——锦绣中华建成开业并获得巨大成功以后，华侨城经历了两次演变。第一次演变是从 20 世纪 80 年代末 90 年代初开始，以"让世界了解中国，让中国了解世界"为宗旨，提出了在华侨城城区内近 2 平方公里的范围内，建设一个由主题景区、自然生态公园、演艺中心、商业中心和星级饭店共同组成的，特色鲜明、文化内涵丰富、设施完善、具有世界一流管理水准的旅游度假区，发挥主题公园边际效益，提高城区的整体收益。根据这一战略，华侨城 10 年间先后合资和独资建设了中国民俗文化村、世界之窗和欢乐谷，构建了区域内各具特色、形式多样的主题公园群。这四大主题公园现在基本上已经成为旅游者到深圳的必游之地，累计接待游客总量逾 8000 万人次。第二次演变是 20 世纪 90 年代中期开始，华侨城提出在近 5 平方公里的范围内，打破行业、产业和功能的界

限，树立"华侨城·旅游城"的大旅游观念，按照国际一流的软硬件标准，对城区和非旅游产业的工业、商业、居民小区以及学校、农贸市场等市政设施进行规划、建设和改造，使华侨城由狭义的景区、饭店等旅游企业组成的度假区，发展成为一个国际一流的花园式城区和功能完备、设施配套的旅游目的地。根据这一目标，华侨城将狭义的旅游企业扩张到区域文化艺术设施、旅游教育机构、住宿、交通、休闲娱乐、旅游购物、旅游地产、旅游社区等配套设施和关联产品的建设，最终形成了今天"华侨城·旅游城"的完整面貌。

在"华侨城·旅游城"的建设过程中，资金投入和主题公园的可持续发展一度是十分突出的问题，尤其是在 1995～1996 年，华侨城面临着快速发展所带来的资金短缺的瓶颈。曾经取得过辉煌业绩的锦绣中华、世界之窗已走过了 5 年左右的历程，按照主题公园的发展规律，这几个公园已进入了发展平稳期和更新改造期，要使其再创辉煌，必须加大投入，当时正在筹建的欢乐谷项目，也急需资金。为此，华侨城集团提出了要以现代市场经营手段和现代化的企业机制推动华侨城旅游业可持续发展的战略思路。借助1995、1996 年中国资本市场逐步形成的契机，华侨城集团整合旗下优质旅游资产，成立了华侨城控股股份有限公司并于 1997 年 9 月成功在深圳证券交易所挂牌上市。成功地进入资本市场，借助资本市场的融资能力有效地加快了华侨城旅游的规模化发展步伐，也使华侨城旅游业由单纯的产品经营阶段飞跃到资本经营阶段。至 2005 年，上市 8 年来，华侨城规范运作，以诚信为本，取信于民，借助于资本市场募集资金，实现了产品扩张和产业扩张。目前华侨城控股公司的市值已过百亿，净资产从上市初的 5.79 亿上升到 2005 年年中的 23.89 亿，资产总值从上市初的 8.02 亿增长到 2005 年年中的 44.10 亿。同时，优良的业绩，也使华侨城获得了社会的广泛认可。2002～2004 年，华侨城连续三次蝉联"中证·亚商中国最具发展力的上市公司50 强"；2003 年在全球竞争力组织首次对中国沪、深两市上市公司进行的竞争力排序中，华侨城排名第 54 位；2004 年，华侨城荣获年度中国 A 股公司

IR 评选优秀大型公司奖，位居上榜公司第 17 位。成功的资本市场运作提供了广阔的资本平台，有效解决了资金短缺的瓶颈问题，成为华侨城旅游业规模化发展的助推器。

二、结构优化的问题："旅游＋地产"联动，创新经营模式

华侨城主题公园最初是用滚动积累方式逐步发展的，但随后发现，这种发展模式不适应将主题公园作为产业来经营的需求。主题公园具有不可移动的特征，在较长的经营周期中，市场半径和游客人数变化不大，其鲜明的特点之一是一次性投入数额很大，营运成本较高，收益比较平稳，但成长性不高。完全靠公园直接收益来滚动发展，速度缓慢。而且，随着市场竞争加剧，平均利润率下降，回收周期也在延长。

有鉴于此，华侨城采用了构筑产业链条、实现关联协同的方式，充分发挥了主题公园的"旅游乘数效应"，并将其转变为现实的经营利润，有效地提升了环境，带动了房地产、酒店、商业服务、娱乐活动等方面的消费。1999 年，华侨城战略性地提出了"旅游房地产"的概念，将房地产融入华侨城的主题公园产业链，实现了从旅游主导产业到房地产业等关联产业的延伸和发展。这种延伸和发展包括两方面的内容：

其一，华侨城的旅游上市公司参股经营房地产的公司，获得房地产开发的收益，用地产的快速盈利来支撑对主题公园的长期投资。2000 年 9 月，华侨城控股公司与华侨城集团进行了资产置换，持有了房地产公司 25% 的股份；2001 年，华侨城控股公司又将持有房地产公司的权益增至 40%。这样华侨城控股公司将从所持房地产公司的 40% 权益中获得长期的业绩支撑，房地产公司较高的盈利能力和良好的现金流量，大幅提高了华侨城控股公司的资产盈利水平，改善了现金流量状况，为其在旅游业中拓展未来提供了条件。

其二，运用旅游业的主题化包装手法对房地产产品进行包装开发，使房地产项目本身成为"华侨城·旅游城"吸引力延伸的一个组成部分。2000

年，华侨城控股与华侨城房地产公司共同投资开发了波托菲诺项目，获得了巨大的成功，也确立了华侨城旅游主题地产第一品牌的地位。

"旅游＋地产"的创新模式为华侨城主题公园的发展找到了一条解决长期投资与短期收益矛盾的路子，即通过选择大城市，将旅游产品移动到人流集中的区域，在城乡结合部发展住宅经济，以地产投资快速盈利回收的方式，支撑主题公园长期发展所需的资金问题。现在华侨城在北京、上海、成都等地的项目都沿用了"旅游＋地产"的模式。

随后，华侨城控股公司又先后进军影视传媒、旅游策划歌舞演艺等文化旅游关联产业。2000年至2005年，华侨城旅游已成功打造了一个以主题公园业务为核心、旅游地产等关联产业为辅助的产业链条，为华侨城旅游的持续发展构筑了合理的产业结构、资本结构。这种结构的优化，不仅丰富了华侨城旅游的内涵、深化了华侨城旅游与关联产业的互动关系、优化了资源配置，而且有效扩大了旅游业的边际收益，在短时间内获得了较高的经济回报，为进一步的旅游项目投资创造了良好的资本条件，更使得华侨城旅游业走出了景区，迈向了大旅游道路，充分发挥了旅游产业对其他产业的关联带动作用。

三、市场竞争力的问题：把握市场需求，以特色求差异增强市场竞争力

华侨城旅游的成功，很大程度上源于一种创新的思维，源于选准了特定目标市场上的独特性卖点。从投资的第一家主题公园——锦绣中华建成开业并获得巨大成功起，华侨城始终注重项目开发建设中的特色性，走出了一条与其他主题公园完全不同的道路，建设了一批具有中国特色的主题公园群落。从浓缩中国传统文化入手，创造出世界最大的微缩景区——锦绣中华；从民族民俗中吸取精华，建设了中国民俗文化村；用荟萃世界建筑艺术与演绎历史画卷的双重手法，塑造了世界之窗；融器械游乐与情景创造为一体而成就了欢乐谷。每一公园，都强调主题的原创性，产品的差异化。从创意设

计、规划设计到营运组织、服务规范，都凝聚着华侨城人的智慧。

2001 年，华侨城又提出固本强基策略，各景区先后投巨资对景区进行了大规模的更新改造，打造了一个不断创新旅游产品的广阔平台，实现了从静态产品到动态产品、从单一产品形式到混合产品形式的全方位演变。锦绣中华问世之初，公园内优美的环境、精美的建筑及各类陈设是主要吸引物，静态的展示是主要表现手法。随着市场经营的实践，华侨城很快认识到，仅有静态的展示难以适应旅游者消费偏好的多样化。在探索中，华侨城找到了艺术表演这种形式，并把这种形式开创性地转化为小型村寨景点表演、大型广场艺术以及区域性大型节庆活动狂欢节、啤酒节、泼水节等多种产品，不仅丰富了旅游者的旅游体验，更在表演领域树立起华侨城的核心竞争力，寻找到了与迪斯尼等国际主题公园的产品差异所在。华侨城的表演在国内外旅游市场上均受到好评，已经成为华侨城旅游的核心吸引物之一。景区艺术表演团体曾数十次代表国家和地方政府出访海外，得到广泛赞誉。2002 年，在美国举行的国际景区及主题公园协会年会娱乐大奖评选活动中，世界之窗的大型晚会《跨世纪》获得整体制作大奖，民俗村的《新中华百艺盛会》获得荣誉提名奖，为中国旅游业在国际上赢得了荣誉。随后，华侨城又根据旅游者追求参与、追求互动的需求特征，成功定位开发了欢乐谷，并于2002 年 5 月 1 日和 2005 年 5 月 1 日分别推出了二期及三期系列项目，全新的欢乐谷以"动感、时尚、欢乐、梦幻"为品牌特征，截至 2004 年年底累计接待游客 1000 多万人次，逐步奠定了其在主题公园行业中的领先地位。同时欢乐谷项目的成功运作，也有效地弥补了华侨城原有的主题公园产品形式对外扩张性的不足，为华侨城将主题公园产品移植到有潜力的市场区域中、更加有效地占有市场资源奠定了基础。

四、发展资源的储备问题：实施"中华锦绣"工程，推进区域扩张

进入 21 世纪，随着国家进一步加快旅游事业的发展步伐，中国加入世

界贸易组织，国外的旅游业巨头纷纷抢滩中国，国内各地政府凭借地方旅游资源优势组建大型区域旅游联盟，国内上市公司和民营企业突破资金成本的瓶颈也正在向旅游这一朝阳产业进发，市场竞争空前激烈。

对华侨城集团来说，一方面由于主题公园产品有着较强的市场半径效应，而经过十多年的经营，珠三角地区的市场逐渐趋于饱和，尤其是迪斯尼落户香港后，更使以珠三角和港澳为核心市场的华侨城主题公园群面临直接的挑战；另一方面，华侨城城区内4.8平方公里的土地资源非常有限。经过十多年的开发建设，华侨城城区内已经没有成片的土地资源可供旅游业进行新的项目拓展。在这种情况下，华侨城开始探索如何运用十几年创业过程中所积累的管理、技术、人才和资金方面的优势，进行深度开发，以品牌的扩张，实现华侨城旅游业的横向拓展。

2001年，华侨城提出了实施"中华锦绣工程"的战略构想，"中华锦绣工程"是基于华侨城旅游产业发展战略的需要，融合"华侨城·旅游城"诸资本要素与区外旅游资源、市场资源相结合，以旅游、地产的发展模式进行区域扩张，构筑华侨城在中国跨区域的系列旅游主题景区与旅游主题社区。在以上战略的指导下，2001年以来，华侨城北上京城，东指上海，西向三峡和成都，布局全国中心城市。2002年，华侨城控股进京赶考，在"新世纪·新北京·新旅游"的历史背景下，华侨城将崭新的旅游主题社区和现代都市娱乐概念引入北京，在北京建设一个现代意义的旅游主题社区，并以北京欢乐谷品牌在京续写"华侨城旅游"的辉煌与梦想。2003年，华侨城与三峡实业总公司共同开发、经营三峡坝区旅游项目，推进了三峡坝区旅游项目建设与周边旅游资源项目的发展。同年，华侨城投资深圳东部三洲田项目——一个集生态旅游、娱乐休闲、郊野度假、户外运动于一体的大型综合性生态旅游项目，东部华侨城项目将成功打造成为具有国际水准的滨海山地生态型旅游度假胜地，也将是华侨城由人造主题公园向生态旅游发展的一个里程碑项目。2005年，成都华侨城旅游地产项目签约，目标是打造成为西南地区第一主题公园品牌。从2001年推出"中华锦绣工程"至今，华侨城已基本形成了全国性布点、布局的区域扩张态势，为华侨城旅游长期可持续发展储备了宝贵的旅游资源与市场资源。

五、管理提升的问题：优化内部机制，构筑发展平台

"中华锦绣工程"为华侨城明确了未来发展的战略目标，然而这个战略目标能否顺利实现，还取决于华侨城是否拥有一个良好的内部运行机制，是否能为战略扩张构筑一个坚实的发展平台。

首先，加强在管理水平提升上的投入。2000年华侨城集团引入美国科尔尼国际管理咨询公司对其进行现代管理制度改革，在科尔尼方案基础上实现了人员配置的优化和组织架构的调整。为保持和强化华侨城集团的凝聚力，制订了《华侨城集团宪章》，对华侨城的价值观、组织观、人才观、发展观等进行详细阐述，实现了企业文化和经营理念的整合，达到了人员思想的高度统一。

其次，华侨城的内部机制保持了动态优化和持续发展，先后成立策划公司、研发中心，并与高等院校专家合作，不断总结、整理、提升华侨城旅游的发展。2002年，草拟了一套《华侨城旅游规范》，为中华锦绣工程的实施建立了一个软件平台。同时，又在国家旅游局的指导下积极地研制中国主题公园的行业标准，以推动和规范该行业的发展，提高行业服务水准，成为国内主题公园行业的示范者。目前，首先在华侨城三大景区全面推广《华侨城旅游规范》和《华侨城旅游服务标准》，今后还将这些标准推广到北京和长沙等地的景区，旨在统一服务标准，系统整合华侨城旅游品牌资源，提升公司品牌。为形成符合产业化发展的人才机制，创办了华侨城旅游发展的"黄埔军校"——"华侨城旅游讲习所"，为华侨城旅游的发展培养和储备了大量的管理骨干。下一步，还将在激励机制、创新机制等方面进行进一步改革，为"中华锦绣工程"的顺利实施夯实基础。

再次，实现真正的主题公园产业化发展，必须要有一个坚实的操作平台，并且这个平台必须同时兼备拓展能力、实践基地、管理链条延伸等多种

功能。如何搭建这样的操作平台，是华侨城集团面临的又一重大课题。2004年，华侨城集团通过增加持股权，把欢乐谷完全整合为它控股的分公司，整合后的欢乐谷分公司已成为华侨城控股主题公园产业化发展的综合创新基地、人才培养基地。欢乐谷将成为华侨城主题公园产业化发展的操作平台。完成操作平台的搭建之后，一方面，欢乐谷公司继续实施行之有效的内部考核激励机制，确保其自身良好的运作效率；另一方面，华侨城控股将赋予该公司更多的职能，使其与华侨城的对外投资拓展、项目管理等方面的功能相融合，最终成为华侨城开发推广主题游乐产品的作业平台和培育主题公园管理人才的基地。华侨城将以此为基础，整合公司主题公园策划、设计、经营管理能力，根据不同的消费偏好和市场需求，研发和推出新型的主题游乐产品，推行欢乐谷连锁经营，做大旅游市场，把点对点的竞争，转化为点对面的竞争。

2004年，华侨城根据"在细分市场中力争第一"的产业发展思想，基于市场前景，基于主题公园具有提升环境，带动地产、酒店、商业、娱乐消费，创造巨大边际需求功能的产业特性，基于"华侨城·旅游城"的资源能力，基于华侨城主题公园业务持续向上的资产增长、收益业绩等，再次明确了主题公园产业化发展的思路，即将主题公园、主题地产、主题休闲度假设施、主题商业和都市娱乐为一体的旅游产品，布局到中国经济发达、市场资源集中的城市：深圳、北京、上海及成都等，形成长久、有机、持续经营的主题公园、主题地产和主题度假休闲的产品集群，为中国主题公园业乃至中国旅游业的持续发展提供有力支撑。

"用智慧创造欢乐"——这是华侨城对多年的旅游产业开发经验进行总结和梳理后提炼出的核心理念。华侨城旅游业所走过的道路，也正是用智慧创造旅游产品的过程。华侨城作为中国现代旅游的先行者和探索者，一直并将继续致力于为中国旅游构建强大的知识平台，致力于为产业发展提供系统解决方案，致力于为旅游娱乐创新产品，创造独特的欢乐体验。

随着全球经济一体化进程的加快，中国旅游业的市场竞争也日趋激烈，迪斯尼、环球等国际主题公园巨头纷纷窥视着发展迅速的中国市场，中国的主题公园业正面临着发展的关键时刻，为继续深入主题公园的产业化发展，推进中国主题公园业做大做强的步伐，华侨城又展开了新的思考与探索：

第一，据世界最著名的从事娱乐及经济研究的咨询公司 ERA 在 2000 年提供的数据，美国的全球最高的人均主题公园到访次数为 0.8、日本和韩国为 0.5、欧洲为 0.25。该公司预计，中国城市地区人均主题公园的到访次数将很快增长到欧洲的水平，总量达到 1 亿人次。以人均 100 元消费计算，主题公园业应有 100 个亿的市场规模。虽然主题公园具有产品不可移动的特征，游客人数会受到市场半径的限制，但从整个市场来看，是产品不能满足市场需求，或者说市场存在很大的产品发展空间。迪斯尼落户香港，也更加说明了我国主题公园的市场潜力巨大。因此，主题公园产业在我国有着广阔的发展前景，通过综合开发可以发展成为规模庞大的业务，而市场是一种稀缺资源，这也是华侨城在全国进行布点布局的原因。

第二，主题公园产业发展到今天，不仅仅是一种劳动密集型的、资金密集型的产业，同时也是一种知识密集型的、技术密集型的产业，需要靠知识的积累，用智慧、用创意来不断推陈出新，不断地形成新的"卖点"，因此要做大做强主题公园产业必定要有一种大文化产业的发展思路，更强调对消费者意识形态的综合把握。不仅要动态地关注旅游市场的需求特征，还需要结合目标市场的经济、人文、社会、历史背景等等，创造出真正符合消费者消费偏好、消费习惯、消费能力的主题公园产品，才能够推动中国主题公园产业的持续稳定发展，而这也正是华侨城作为本土企业所能够形成优势的领域。在不断创新发展的过程中，作为本土化的旅游企业，华侨城逐步形成了与中国经济发展水平、中国旅游市场发展趋势相适应的旅游产业发展的指导思想，加深了对国内市场资源、政策环境、游客需求的认识，制定了适宜的发展战略，创造了独特的经营模式和独具特色的公园产品。这些，构成了华侨城参与国际竞争的基础和宝贵财富。

第三，从中国旅游业的发展来看，改革开放 20 多年来，中国旅游基础设施建设和配套水平大幅提高，旅游业已经成为国民经济中一个重要的增长点，中国也已经实现了由旅游资源大国向世界旅游大国的转变。全面建设小康社会的步伐的推进、人们生活水平的不断提高，为旅游业加快发展奠定了坚实基础，中国完全有条件也应该成为世界旅游强国。"十一五"期间全国旅游业发展指导思想中将"促进旅游产业体系建设，全面提升旅游产业素质，综合发挥旅游产业功能"确定为三大战略任务，而加强市场主体建设，加快企业改革，培育一批本土的大型国际性旅游企业，在推进完善旅游市场的发展中壮大旅游企业则是实现各项任务的重要环节。华侨城旅游经过 16 年的探索积累，无论在投资开发能力方面还是在经营管理方面都已经走在了中国的前列并逐步向国际标准看齐。2005 年 7 月"世界娱乐公园和景观协会"主席克拉克（MR. CLARK）先生一行在考察华侨城旅游度假区时给予了高度的赞赏和评价。华侨城有能力也有责任在中国建设世界旅游强国的道路上成为中坚力量，华侨城集团也期待着与社会各界一起，为中国旅游业的持续发展做出更多的贡献。

（刘平春）

案例六　陕西省西安曲江：
演绎历史　制造体验

一、文化是策划的最高境界

曲江是中国历史上久负盛名的皇家园林，是以唐长安为代表的盛唐文化中最辉煌、最灿烂的篇章。曲江位于西安市东南，是西北地区唯一的省级旅游度假区，是陕西省和西安市旅游振兴的重点工程。曲江拥有极为丰富的文化和旅游资源，并拥有众多的城市资源。这里有西安市的城市标志、首批荣膺国家4A级景区的大雁塔，拥有2处国家级文物保护单位，4处省级文物保护单位，并毗邻西安高校文化区和高新科技园区。因此，曲江不仅是支撑西安发展的"四区一基地"之一，而且是西安市"十一五"城市建设的重点区域。

曲江在西安城市建设、文化复兴中的重要作用，和它所肩负的西安旅游振兴的重任，使曲江最有可能成为西安建设国际化城市的示范新区，成为改变西安城市环境的生态"绿岛"，成为西安高品质生活的样板田，成为激扬西安城市精神的"梦工厂"。

跳出西安看曲江，曲江足以成为长安这个与罗马、开罗、雅典相提并论的伟大城市的一个文化象征，曲江是一个拥有世界级资源禀赋并能造就为世界级品牌的"首善之区"。"把世界的曲江还给世界"、"魅力西安，快乐曲江"，这是我们对曲江最直觉的文化和发展定位。

如何制造旋风式的亮点？如何让曲江迅速"打破沉默"？如何让曲江吸

引世界的目光？我们深刻意识到，中国经济即将迈入文化消费时代，如何挖掘文化资源、运用文化手段、体现文化要义，是摆在曲江人面前的迫切课题。于是我们组织策划了一系列富有挑战性的"文化风暴"，将曲江文化主题敲定在了盛唐文化上，演绎文化主题、经营文化主题将是曲江杀出一片天地的利器。

演绎文化主题——我们要的是"三国演义"，而不是"三国志"：坐拥丰厚的文化资源，但如何切入从而再现现代环境下的盛唐文化主题？曲江人将核心开发思想定在了"腾古耀今"，即在深刻领会唐文化精神内涵的基础上、抓住唐文化的灵魂——崇大尚新、开放包容、盛世气象、人文底蕴。今天所谓的盛唐气象，既包括物质形态又涵盖精神领域。

经营文化主题——"销售"唐文化：进入主题实施阶段，将丰厚的历史文化以现代人的视野进行展示，对项目进行全方位包装和塑造，让每一个细节都充满文化的味道，从而带动一种有别于传统人文旅游的新的旅游业态和旅游文化。

如今，曲江的盛唐文化，在这个素称平静的古城西安，掀起汹涌澎湃的反思浪潮，也在旅游界、文化界、艺术界和房地产界，引发了一场场关于城市创新、城市文化、城市个性的热烈讨论。

仅仅两年，曲江在西安可谓家喻户晓，曲江的重大项目老百姓可以如数家珍。和两年前相比，曲江的知名度、美誉度、吸引力都大大提高。

一系列重大项目的成功策划，验证了文化对一个城市的巨大作用，使我们深刻地意识到："文化是策划的最高境界"、"文化策划永无止境"。

二、大城市以文化论输赢

在具体实践中，我们在对区内文化资源整合的前提下，提出了"文化立区，旅游兴区"的发展战略，根据西安在中国历史上的地位，以及曲江在西安的地位，把曲江的旅游文化定位在突出唐代鼎盛文化和中国传统优秀文化，把城市建设定位到为中华文化的复兴提供现实的承载空间。我们基于对策划的理性化认识，依据文化的本质特点，即"唯一性、排他性、权威性"作为执行策划、运营项目的指导思想。这三者贯穿在曲江重大项目实施的整个过程中，在大雁塔北广场和大唐芙蓉园的策划、运营中展现出无限魅力。

大雁塔风景区是国家首批 4A 级景区。大雁塔北广场位于驰名中外的唐大雁塔脚下，占地约 1000 亩，总投资约 5 亿元，于 2003 年 5 月开工，2003 年 12 月 31 日建成开放。北广场以大雁塔为依托，以唐风唐韵为主题，以亚洲第一的大型音乐喷泉为卖点，以高科技、人文化的休闲设施为特色，向世人铺排了一幅水与光、声与电、古与今、人与景交相辉映的壮美画卷。

大雁塔北广场开放当日，接待游客达 13 万人次；开放 1 个月，游客达 230 万人次，超过了大雁塔景区 2003 年全年的游客人数。陕西省委书记李建国称赞北广场是"历史文化和现代风采的完美结合，堪称世界唯一、中国之最"。加拿大世界级规划建筑大师汉库克先生评价为"大雁塔北广场之于大雁塔和西安，如同金字塔广场之于卢浮宫和巴黎，是世界级的建筑典范"。

大雁塔北广场的巨大成就，还在于它使大雁塔景区跻身世界级景区之列，有力带动了曲江的土地价格从每亩 20 万元跃升到 100 万元以上。作为曲江新区的全新亮相和惊艳开局，标志着曲江建设的全面启动；使游客在西安的滞留天数延长了半天，实现了西安旅游的放量增长。

归结大雁塔北广场的策划，是文化与文物资源、旅游资源、城市资源的大整合，文化与科技、艺术、宗教的大整合，文化与资本、市场和土地大整合的成功范例，从而在中国文化复兴的大背景下，创造了一个以文化整合政治、经济、科技、社会诸多资源的巨型架构，为"大城市以文化论输赢"做了一个最佳的注解。

而建成开园的大唐芙蓉园，肩负着"国人震撼，世界惊奇"的历史文化使命。2005 年 4 月 11 日，中国第一个全方位展示盛唐风貌的大型皇家园林式文化主题公园——大唐芙蓉园盛大开放。国家、省、市领导，国际友人与 5 万多名群众一起见证了这一欢乐时刻。大唐芙蓉园位于大雁塔以东 500 米，占地 998 亩，是一个以盛唐皇家园林为蓝本，以水景为核心，集体验观光、休闲度假、餐饮娱乐为一体的大型唐文化主题博物苑，总投资 13 亿元，它包揽多项世界之最，是世界唯一展现唐代皇家园林的主题公园、五感公园（味觉、触觉、嗅觉、听觉、视觉），拥有全球幅宽最大的水幕电影和全球最大最先进的水火景观表演，全国最大的雕塑群落、体量最大的唐文化楼阁、最全的唐代女性文化展示馆、最长的全面反映大唐百姓生活、奇人异事、科普百杂的唐文化长廊以及全面再现古长安城贸易活动的唐集市。

在大唐芙蓉园的开发建设过程中，我们以"国际化理念，本土化行动"，将文化策划延伸到更为广阔的时空范围，也从战略层面上，策划实施了一场空前的"文化大会战"。

大唐芙蓉园启动后，我们特聘中国工程院院士、建筑大师张锦秋担任芙蓉园的规划与建筑设计。张锦秋院士是享誉国际的唐风建筑大师，她设计的陕西历史博物馆、"三唐工程"和法门寺博物馆等，是国内外公认的唐风建筑精品。张锦秋院士担任芙蓉园规划设计后，依据曲江的历史文脉、山形地貌，确定了"因借曲江山水，演义盛世名园"的规划理念，绘出盛唐皇家园林的山水格局。在南山北池、环状水系的大格局之中，按照功能需求，布设了 15 个重要建筑，围合成主从有序的建筑体系。尤其是高 39 米的紫云楼，以盛唐曲江紫云楼为蓝本，飞扬的云阙、飞渡的云梯、高大宏伟的楼体、金碧辉煌的壁画浮雕，显现出傲视古今的历史风骨与大气磅礴的大唐精神，给人强烈的艺术震撼力，是全园的标志性建筑。与紫云楼隔水相望的望春阁，高 36 米，是一个体态轻盈的六角形楼阁。在湖水倒映中，亭亭玉立，显现出秀丽挺拔的大唐神韵，是全园又一标志性建筑。另外，大唐芙蓉园在建设中既强调园林与建筑的水乳相融，又考虑到旅游功能与文化传承，设计建造了独特的园林景观体系。承袭曲江由秦汉时的自然山水苑囿到隋唐时的写意山水园林这一发展脉络，我们将芙蓉园定位为文化山水园林。按照文化山水园林的规划理念，由世界级园林大师秋山宽担纲设计，中外建筑园林大师共同铸造的 12 处园林景观，曲水萦环、青林重复，使芙蓉园花团锦簇、流光溢彩，可谓"一步与国际接轨，缔造国内一流"。

同时，大唐芙蓉园是中国第一个"五感"（视觉、听觉、嗅觉、触觉、味觉）公园，并有世界最大的户外香化工程。

遍布园内，造型各异、装饰精美的 30 多座桥，也构成了一道道亮丽的风景。

板块联动、项目集群和文化体系，是国际上景区开发的成功经验，而构建文化体系，则是提升和促进景区快速发展的最有效途径。植根于陕西、西安极其深厚的文化与旅游资源，使曲江成为了一个以大雁塔和大唐芙蓉园为核心的古今辉耀、绚丽多彩的唐文化旅游区。它将以耀眼夺目的文化光彩，接收全球"唐人"的文化朝拜；以快乐体验的独特魅力，让世界为之倾倒；以大唐精神的豪迈雄姿，成为中国西部第一文化品牌，为中华文化的复兴奏响最强音！

2005 年春，中国国民党主席连战、亲民党主席宋楚瑜访问大陆，大唐芙蓉园成为他们文化寻根的共同选择。聚焦连战、宋楚瑜的寻根之旅，曲江闪亮登上了历史的前台。

2005 年"五一"黄金周，曲江人如潮涌，170 万人次的游客创造了西安旅游的新纪录。2005 年夏，大唐芙蓉园开业不到半年，游客逾百万。专家预计：2005 年，曲江年接待游客将突破 1300 万人次，将成为西部旅游最重要的客流集散地。

重大项目的巨大效应，使曲江"文化立区，旅游兴区"的发展理念得以确立。曲江的建设，将贡献给时代一批大作品，成就一批大师级的人物，从而在中华民族文化复兴的历史上，留下重重的一笔。

三、文化策划开创城市未来

2003 年，中国人均 GDP 正式超过 1000 美元，标志着中国经济即将迈入文化消费时代。

首先，只有挖掘区域文化资源、运用文化手段、体现文化意义，深层次地挖掘项目的文化资源，形成项目不可复制的 DNA 和 USP（独特的销售主张），才能整合大资源，开创大格局，形成大产业，促进大发展。这是确保项目策划工作唯一性、权威性和排他性价值的不二法宝；其次，在策划工作实施中，运用文化手段，对项目进行全方位包装和塑造，让每一个细节和环节都充满文化味道，成为项目竞争优势的重要保证；最后，在项目以外，站在宏观的城市文化、消费文化、经济乃至政治文化角度和高度，把项目放在更大的文化平台上，把握"三老"关系，即老领导（政府意志）、老板（投资者和企业）和老百姓（市民和消费者），用项目找到三者关系的最佳结合点，审视项目、把握项目、运作项目，当是扩散项目影响、追求项目价值最大化、产生多重意义和影响的核心所在。正所谓，功夫在项目以外，精髓在文化之中。

在曲江的开发建设中，我们深刻意识到，策划是一种思路，思路决定出路，企业以品牌论高低，大城市以文化论输赢，策划只有与实践相结合，只有与品牌面临的环境、拥有的资源深入结合，才能使智慧的汇聚焕发出生命力，使策划与品牌的结合趋于完美。作为政府经济工作策划的最高境界，应当按照"有所为有所不为，只求所在不求所有"的心态来实现目标，不是自己的长项自己不要做，凡是有专业公司做的自己就不要去做。拒绝诱惑，该舍弃的就大方地舍弃，主要抓住企业的核心利润所在。因此，作为以"寻找最近、最科学的出路"为工作目标的策划，将在充分领略"为与不为"的选择中完成其时代所赋予的使命。

我们要用战略眼光审视文化资源，发挥资源优势，做大做强文化产业，充分发挥市场机制和现代科学技术的作用，以旅游、文化产业为重点，不断推出集传统与创新于一体的优势文化旅游产品；打造一批特色文化旅游品牌，带动陕西省经济社会和城市的快速发展。

（西安曲江旅游度假区管委会主任　段先念）

附 录
Fu Lu

附录一 世界级及国家级旅游
资源与旅游景区清单

1. 中国 A 级旅游景区名单（1401 家）

北京市

4A 级（28 家）

天坛公园	北京石景山游乐园
明十三陵	北京红螺寺旅游度假区
颐和园	北京慕田峪长城
北京海洋馆	雁栖湖旅游区
八达岭长城	居庸关长城风景区
北海—景山公园	九龙游乐园
中华民族园	陶然亭公园
中国科学技术馆	石花洞风景区
北京动物园	中央广播电视塔
北京植物园	银山塔林景区
北京香山公园	龙庆峡风景区
北京世界公园	京东大溶洞风景区
北京房山云居寺	潭拓戒台风景区
北京八大处公园	中国紫檀博物馆

3A 级（9 家）

北京玉渊潭公园	十渡风景名胜区
北京韩村河旅游景村	北京太平洋海底世界博览馆
北京湖景水上乐园	中国民兵武器装备陈列馆
北京青龙峡景区	紫竹院公园
密云司马台长城	

2A 级（46 家）

西山大觉寺	宋庆龄故居
海淀区凤凰岭自然风景区	徐悲鸿纪念馆
房山青龙湖水上乐园	门头沟灵山自然风景区
怀柔生存岛旅游新概念基地	门头沟百花山自然风景区
密云桃源仙谷风景名胜区	门头沟珍珠湖风景区
房山仙栖洞景区	门头沟小龙门风景区
房山区银狐洞风景区	密云白龙潭自然风景区
鹫峰森林公园	密云清凉谷自然风景区
怀柔幽谷神潭自然风景区	怀柔百泉山自然风景区
海淀区百望山森林公园	平谷老象峰旅游景区
松山森林旅游区	北京莲花池公园
上方山国家森林公园	丰台万方亭公园
延庆康西草原	丰台鹰山森林公园
密云云岫谷游猎自然风景区	中国印刷博物馆
北京乡村高尔夫俱乐部	北京石京龙滑雪场
春晖温泉度假村	怀柔响水湖自然风景区
恭王府花园	怀柔神堂峪自然风景区
古崖居风景名胜旅游中心	平谷湖洞水自然风景区
八达岭残长城自然风景区	石景山妇女儿童活动中心
云蒙山森林公园	石景山希望公园

北京国子监　　　　　　　　　　　顺鑫绿色度假村

北京大葆台汉墓　　　　　　　　　密云九道弯大峡谷风景区

中国古代建筑博物馆　　　　　　　房山龙仙宫

1A 级（10 家）

中国蜜蜂博物馆　　　　　　　　　门头沟龙门涧风景区

西周燕都遗址博物馆　　　　　　　北京云峰山自然风景区

焦庄户地道战遗址纪念馆　　　　　昌平虎峪自然风景区

将军坨风景区　　　　　　　　　　昌平堆臼峪自然风景区

门头沟爨底下村景区　　　　　　　房山张坊古栈道

天津市

4A 级（7 家）

天津黄崖关长城风景游览区　　　　天津天塔湖风景区

天津海滨旅游度假区　　　　　　　天津盘山风景区

天津热带植物观光园　　　　　　　天津蓟县独乐寺

天津水上公园

2A 级（16 家）

九龙山国家森林公园　　　　　　　宝成奇石园

九山顶自然风景区　　　　　　　　中华石园

八仙山国家级自然保护区　　　　　龙泉山游乐园

天津杨柳青博物馆（石家大院）　　元古奇石林风景区

霍元甲纪念馆　　　　　　　　　　天津图书大厦

天津中华医圣文化苑　　　　　　　天津鼓楼

潮音寺　　　　　　　　　　　　　华蕴博物馆

杨村小世界游乐园　　　　　　　　武清区南湖游乐园

1A 级（2 家）

隽祯博物馆 古雅博物馆

河北省

4A 级（30 家）

清东陵 河北天下第一城

山海关旅游景区 抚宁南戴河国际娱乐中心

承德避暑山庄 秦皇岛燕塞湖风景旅游区

承德市普宁寺 石家庄天山海世界

秦皇岛野生动物园 石家庄西柏坡纪念馆景区

普陀宗乘之庙 承德塞罕坝国家森林公园

吴桥杂技大世界 丰宁京北第一草原

秦皇岛新澳海底世界 秦皇岛集发农业观光园

清西陵 山海关长寿山风景旅游区

石家庄天桂山景区 邯郸娲皇宫景区

石家庄抱犊寨景区 临城崆山白云洞旅游区

石家庄苍岩山景区 平山驼梁山风景区

正定隆兴寺 灵寿五岳寨风景旅游区

野三坡百里峡景区 遵化万佛园景区

安新白洋淀景区 保定满城汉墓景区

3A 级（11 家）

石家庄水上公园 承德磬锤峰国家森林公园

石家庄赵县赵州桥 承德双塔山风景区

石家庄市正定荣国府 丰宁白云古洞景区

保定直隶总督署博物馆 邯郸丛台公园

承德魁星楼景区 邯郸黄粱梦吕仙祠

2A 级 （20 家）

石家庄正定县赵云庙　　　　　　　承德城隍庙景区

石家庄矿区清凉山景区　　　　　　承德龙凤洞景区

石家庄井陉县仙台山风景区　　　　承德冰雪城景区

承德兴隆县青龙潭景区　　　　　　唐山遵化鹫峰山风景旅游区

承德兴隆县金牛洞景区　　　　　　保定留法勤工俭学运动纪念馆

承德宽城县塞外"潘龙湖"景区　　保定涿州三义宫

承德隆化县茅荆坝森林公园　　　　沧州东光县铁佛寺景区

承德隆化县董存瑞烈士陵园　　　　衡水武强县年画博物馆

承德九龙松景区　　　　　　　　　衡水宝云寺

承德关帝庙景区　　　　　　　　　衡水冀州灵秀山庄

1A 级 （4 家）

邢台太行奇峡群景区　　　　　　　邢台天梯山景区

邢台前南峪生态观光旅游区　　　　邢台内邱县扁鹊庙风景名胜区

山西省

4A 级 （10 家）

五台山旅游区　　　　　　　　　　浑源恒山旅游区

云冈石窟旅游区　　　　　　　　　洪洞大槐树寻根祭祖园旅游景区

晋祠旅游区　　　　　　　　　　　阳城皇城相府旅游景区

祁县乔家大院旅游区　　　　　　　永济普救寺旅游区

灵石王家大院旅游景区　　　　　　吉县黄河壶口瀑布旅游区

2A 级 （16 家）

太原碑林公园　　　　　　　　　　黎城黄崖洞景区

宁武管涔山情人谷景区　　　　　　沁源灵空山景区

临汾姑射山景区　　　　　　　　　长治始祖百草堂景区

方山北武当山景区   洪洞明代监狱

大同煤矿展览馆   平定娘子关景区

盂县藏山景区   永济唐铁牛博物馆

阳泉郊区关王庙景区   永济万固寺

交城玄中寺景区   壶关太行大峡谷黑龙潭景区

1A 级（7 家）

平定冠山森林公园   交城卦山景区

万荣东岳庙景区   壶关太行大峡谷十八盘景区

灵丘桃花山景区   壶关太行大峡谷红豆峡景区

原平大营温泉景区

内蒙古自治区

4A 级（8 家）

内蒙古格根塔拉草原旅游中心 阿拉善盟贺兰山南寺生态旅游区

成吉思汗陵旅游区   鄂尔多斯响沙湾旅游区

满洲里中俄互市贸易旅游区   阿尔山海神圣泉旅游度假区

包头五当召   通辽大青沟国家级自然保护区

3A 级（7 家）

包头新世纪青年生态园   鄂尔多斯世珍园

包头南海旅游区   鄂尔多斯恩格贝旅游区

呼和浩特昭君墓   内蒙古敕勒川哈素海旅游区

希拉穆仁草原旅游中心

2A 级（20 家）

包头市石门风景区   呼伦贝尔盟呼和诺尔草原旅游度假区

赤峰市布日敦沙漠旅游区   呼伦贝尔盟巴彦呼硕草原旅游区

鄂尔多斯市绿洲宾馆旅游区   呼伦贝尔盟红花尔基森林公园

呼伦贝尔盟侵华日军海拉尔要塞遗址　　锡林郭勒盟锡日塔拉草原旅游度假村

呼伦贝尔盟牙克石凤凰山庄　　　　　　锡林郭勒盟葛根敖包草原旅游度假村

呼伦贝尔盟扎兰屯秀水山庄　　　　　　锡林郭勒盟多伦县南沙梁旅游区

呼伦贝尔盟满洲里市达赉湖旅游区　　　锡林郭勒盟多伦县滦源殿旅游度假村

兴安蒙古包旅游村　　　　　　　　　　乌兰察布盟辉腾锡勒铁骑旅游中心

兴安盟阿尔山国家森林公园　　　　　　乌兰察布盟辉腾锡勒外事旅游中心

锡林郭勒盟西乌珠穆沁旗蒙古汗城

1A 级（4 家）

包头市美岱召文物旅游点　　　　　　　鄂尔多斯市转龙湾旅游度假村

赤峰市勃隆克沙漠旅游区　　　　　　　锡林郭勒盟苏尼特右旗社保局旅游点

辽宁省

4A 级（32 家）

沈阳市植物园　　　　　　　　　　　　沈阳绿岛旅游度假区

大连森林动物园　　　　　　　　　　　桓仁五女山风景区

大连金石滩国家旅游度假区　　　　　　丹东五龙山风景区

鞍山玉佛苑　　　　　　　　　　　　　丹东鸭绿江国家风景名胜区

大连圣亚海洋世界　　　　　　　　　　锦州北普陀山风景名胜区

大连虎滩乐园　　　　　　　　　　　　锦州市博物馆

沈阳棋盘山国际风景旅游开发区　　　　沈阳怪坡风景区

沈阳故宫博物馆　　　　　　　　　　　大连现代博物馆

大连冰峪省级旅游度假区　　　　　　　大连世界和平公园

鞍山千山风景名胜区　　　　　　　　　旅顺东鸡冠山景区

本溪水洞风景名胜区　　　　　　　　　沈阳张氏帅府博物馆

本溪关门山国家森林公园　　　　　　　沈阳航空博物馆

沈阳"九一八"历史博物馆　　　　　　抚顺雷锋纪念馆

抚顺赫图阿拉城　　　　　　　　　　　新宾猴石国家森林公园

丹东凤凰山国家风景名胜区　　　　宽甸天桥沟国家级森林公园

宽甸天华山风景名胜区　　　　　　本溪关门山水库风景区

3A 级（13 家）

大连仙峪湾旅游度假区　　　　　　鞍山汤岗子温泉旅游度假区

大连安波温泉旅游度假区　　　　　本溪关门山风景区

锦州辽沈战役纪念馆　　　　　　　盘锦中兴公园

锦州北普陀山旅游区　　　　　　　盘锦湖滨公园

锦州笔架山风景区　　　　　　　　朝阳凤凰山国家森林公园

营口熊岳望儿山旅游区　　　　　　本溪桓仁县望天洞

2A 级（23 家）

本溪铁刹山风景区　　　　　　　　沈阳中小学生农业实践基地示范园

大洼西安生态旅游区　　　　　　　海城九龙川自然保护区

鞍山岫岩药山风景区　　　　　　　本溪爱河旅游度假村

辽阳汤河风景区　　　　　　　　　本溪金海水晶宫旅游区

辽阳冷热地公园　　　　　　　　　本溪东风湖旅游度假村

北票大黑山国家级森林公园　　　　本溪天龙洞风景区

兴城菊花岛旅游区　　　　　　　　辽阳市白塔公园

葫芦岛莲花山圣水寺　　　　　　　朝阳白石水库风景区

沈阳水洞风景区　　　　　　　　　朝阳喀左天成观

沈阳兴隆室内公园　　　　　　　　葫芦岛市人文纪念公园

辽宁三利生态农业观光园　　　　　葫芦岛市葫芦山庄

沈阳七星山旅游风景区

1A 级（6 家）

鞍山岫岩清凉山风景区　　　　　　台安张学良出生地纪念馆

葫芦岛灵山寺　　　　　　　　　　海城卧鹿山效圣寺旅游区

台安西平省级森林公园　　　　　　辽阳市曹雪芹纪念馆

吉林省

4A 级（6 家）

吉林省北大湖滑雪场	吉林松花湖风景名胜区
长春净月潭国家森林公园	长春伪满皇宫博物院
长白山国家级自然保护区	长春世界雕塑公园

2A 级（38 家）

长春电影城	长白石林风景区
长春世界风景园	长白塔山公园
吉林市龙潭山鹿场	龙山湖省级风景名胜区
吉林市文庙博物馆	鸭绿江漂流旅游景区
吉林市金日成读书纪念室	大安市五间房水岛乐园
吉林市龙潭山公园	大安市嫩江旅游度假村
蛟河市南湖瀑布	镇赉县哈尔挠旅游景区
舒兰市森林公园	通榆县兴隆山黄榆景区
磐石市黄河水库	敦化六顶山风景区
磐石市官马溶洞	和龙仙境台风景区
吉林市丰满区磨盘山景区	汪清满天星风景区
辉南龙湾国家级森林公园	珲春防川风景区
通化市玉皇山公园	四平市山门水库风景区
集安市五女峰国家级森林公园	四平市二龙湖风景区
集安市云峰湖旅游度假区	四平市四平战役纪念馆
临江花山国家森林公园	四平市铁东区山门镇二郎山庄
临江北山公园	伊通县满族民俗馆
青山湖省级风景名胜区	公主岭市二十家子旅游度假区
长白山迷宫溶洞	靖宇县白山湖仁义风景区

1A 级（3 家）

永吉县兴光朝鲜族民族村　　　　　通化市千叶湖风景区

蛟河市金蟾岛

黑龙江省

4A 级（9 家）

亚布力滑雪旅游度假区　　　　　　哈尔滨黑龙江电视塔（龙塔）旅游区

二龙山旅游风景区　　　　　　　　哈尔滨太阳岛公园

哈尔滨金源文化旅游区　　　　　　大庆铁人王进喜纪念馆

镜泊湖风景名胜区　　　　　　　　伊春五营国家森林公园

黑龙江扎龙国家级自然保护区

3A 级（9 家）

哈尔滨索菲亚广场　　　　　　　　齐齐哈尔市龙沙公园

哈尔滨欧亚之窗公园　　　　　　　齐齐哈尔市明月岛风景区

哈尔滨东北虎林园　　　　　　　　海林市威虎山城

哈尔滨游乐园　　　　　　　　　　大庆石油博物馆

哈尔滨玉泉国际狩猎场

2A 级（34 家）

哈尔滨金河旅游公园　　　　　　　北方农业现代都市示范园

萧红故居　　　　　　　　　　　　木兰县香磨山风景区

方正得莫力旅游度假区　　　　　　大庆市儿童公园

阿城会宁公园　　　　　　　　　　大庆市龙凤公园

阿城玉泉威虎山森林公园　　　　　大庆市景园公园

长寿国家森林公园　　　　　　　　大庆市杜尔伯特蒙古族自治县寿

五常龙凤山风景名胜区　　　　　　山民俗休闲度假村

哈尔滨森林小火车度假区青峰山庄　连环湖狩猎场

大庆市杜尔伯特蒙古族自治县草
原赛马场

东宁要塞

鸡西市麒麟山风景区

鸡东县哈达河风景区

鸡东县巴愣河风景区

当壁镇兴凯湖旅游度假区

绥化金龟山庄

齐齐哈尔蛇洞山风景区

齐齐哈尔音河水库风景区

齐齐哈尔水师森林公园

齐齐哈尔红岸公园

齐齐哈尔哈拉新村

齐齐哈尔青松狩猎场

小兴安岭石林风景区

峰岩生态旅游区

林枫同志故居纪念馆

哈尔滨黑天鹅度假区

省林甸温泉疗养院

大庆广播电视塔

1A 级（2 家）

方正莲花湖公园

五常月牙湖风景区

上海市

4A 级（15 家）

上海金茂大厦 88 层观光厅

上海博物馆

上海东方明珠广播电视塔

上海野生动物园

上海豫园

上海佘山国家森林公园

上海城市规划展示馆

陈云故居暨青浦革命历史纪念馆

上海大观园

上海世纪公园

上海太阳岛旅游度假区

上海市动物园

东平国家森林公园

上海共青森林公园

上海朱家角古镇旅游区

3A 级（1 家）

上海射击俱乐部

江苏省

4A 级（40 家）

苏州市拙政园

苏州市虎丘山风景名胜区

苏州乐园

周庄古镇游览区

南京中山陵风景名胜区

无锡市灵山景区

江苏省天目湖旅游度假区

无锡市太湖鼋头渚风景区

南京雨花台风景名胜区

扬州市瘦西湖公园

无锡中视股份三国水浒景区

镇江市金山公园

南京夫子庙秦淮风光带

苏州同里古镇旅游区

苏州甪直古镇旅游区

扬州大明寺

常州天宁寺

徐州淮海战役烈士纪念塔园林

虞山—尚湖风景区

镇江茅山风景区

宜兴善卷洞风景区

常州中华恐龙园

连云港花果山风景名胜区

连云港连岛旅游度假区

南通狼山风景名胜区

南通濠河风景名胜区

苏州盘门景区

苏州西山景区

苏州木渎古镇

苏州市狮子林

苏州市网师园

苏州市留园

无锡市锡惠园林文物名胜区

南京总统府景区

南京阅江楼景区

镇江宝华山国家森林公园

镇江焦山风景区

连云港孔望山风景区

常州亚细亚影视城

连云港渔湾景区

3A 级（4 家）

无锡江阴鹅鼻嘴公园

无锡中视股份唐城景区

徐州龟山汉墓

连云港连岛海滨度假区

2A 级（35 家）

南京将军山旅游名胜区	无锡鸿山泰伯墓
苏州柳亚子故居	江阴徐霞客故居
苏州盛泽先蚕祠	宜兴龙背山森林公园
常州东坡公园	江阴渡江战役纪念馆
常州荆川公园	宜兴龙池山风景区
南通市濠河风景名胜区	常州张太雷纪念馆
连云港市高公岛风景游览区	武进横山白龙观
徐州中央电视台外景基地汉城	武进艺林园
南京江心州民俗村	金坛顾龙山景区
高淳县淳溪老街	溧阳高静园
盐城大丰麋鹿国家级自然保护区	溧阳凤凰公园
苏州何山公园	溧阳南山竹海生态旅游区
宿迁嶂山森林公园	溧阳新四军江南指挥部纪念馆
无锡龙头渚公园	扬州茱萸湾公园
无锡吟苑公园	江都邵伯湖风景旅游区
无锡太湖花卉园	淮安清晏园
无锡梅村泰伯庙	盱眙县八仙台旅游风景区

1A 级（3 家）

扬中国土公园	无锡九龙湾乡村家园
常州市儿童游乐中心	

浙江省

4A 级（38 家）

宋城	溪口风景区
淳安县千岛湖风景区	绍兴柯岩风景区

宁波滕头生态旅游示范区	雁荡山风景名胜区
天台山风景名胜区	楠溪江风景名胜区
金华市双龙风景旅游区	天目山风景名胜区
仙都风景名胜区	温州江心屿旅游区
普陀山风景名胜区	浙西大峡谷
横店集团八面山影视城	衢州龙游石窟旅游区
杭州西湖风景名胜区	宁波天一阁博物馆
温岭长屿硐天	宁波松兰山海滨旅游度假区
安吉竹子博览园	杭州雷峰塔景区
杭州乐园	杭州野生动物世界
杭州未来世界	绍兴鲁迅故里
乌镇古镇景区	杭州双溪竹海漂流景区
瑶琳仙境旅游区	杭州东方文化园
桐庐垂云通天河景区	建德大慈岩风景区
临海江南长城旅游区	临安大明山风景旅游区
诸暨五泄旅游区	湖州南浔旅游区
新昌大佛寺	湖州太湖旅游度假区

3A级（7家）

嘉兴南北湖风景名胜区	宁波松兰山海滨旅游度假区
青田县石门洞森林公园	杭州双溪竹海漂流
绍兴东湖景区	绍兴沈园
宁波东钱湖风景旅游区	

2A级（50家）

绍兴市府山景区	吴子熊玻璃艺术馆
诸暨市斗岩风景区	君匋艺术馆
绍兴印山越国王陵文化旅游区	桐乡市丰子恺纪念馆

福严佛教文化苑	嵊州市百丈飞瀑风景区
桐乡市博物馆	上虞市丰惠镇凤鸣山旅游风景区
吴镇纪念馆	龙泉市博物馆
遂昌白马山森林公园	景宁县草鱼塘森林公园
浙南箬寮原始林景区	丽水市瓯江漂流景区
清真禅寺	遂昌县湖山森林公园
千丝岩风景区	庆元县百山祖国家级自然公园
太鹤山风景区	云和县江南畲族文化村
杭州湾海滨游乐园	普陀区六横镇旅游区
三衢石林风景区	温岭市东辉公园
烂柯山风景区	兰溪市黄大仙赤松园
九龙湖风景区	东阳市白云文化城
龙门峡谷景区	平湖市莫氏庄园
古田山国家自然保护区	海宁市博物馆
钱江源国家森林公园	海宁市徐志摩故居
新四军苏浙军区纪念馆	海宁市钱君匋艺术研究院
安吉藏龙百瀑景区	慈溪市五磊山风景区
湖州含山旅游区	江山市须江公园
花溪风景区	常山县东明湖公园
九峰山风景区	台州黄岩九峰人民公园
石鹅岩旅游区	普陀区蚂蚁岛旅游区
台山寺旅游区	浙西大草原古名酒文化村

1A 级 （2 家）

小沙旅游区	马岙旅游区

安徽省

4A 级 （10 家）

九华山旅游区	颍上八里河风景区
黄山风景区	淮南八公山风景区
天柱山国家级风景名胜区	西递古民居景区
滁州琅玡山旅游区	宏村景区
广德太极洞风景区	马鞍山采石风景名胜区

3A 级 （1 家）

合肥万佛湖旅游区

2A 级 （35 家）

合肥安徽名人馆	芜湖广济寺
合肥李鸿章故居	芜湖汀棠公园
巢湖姥山岛景区	安庆大龙山景区
巢湖霸王祠景区	安庆浮山景区
巢湖太湖山国家森林公园	安庆花亭湖景区
巢湖华阳洞景区	安庆司空山风景区
巢湖泊山洞景区	池州市山风景区
巢湖冶父山国家森林公园	池州万罗山风景区
巢湖庐江奇石馆	池州大历山风景区
巢湖陋室公园	池州东流古文化区
巢湖汤池温泉度假区	池州石台蓬莱仙洞
巢湖东庵森林公园	滁州凤阳明中都古楼
六安八公山森林公园	阜阳颍州西湖风景区
六安万佛山森林公园	铜陵天井湖公园
马鞍山濮塘风景名胜区	铜陵金牛洞古采矿遗址
芜湖赭山公园	合肥紫蓬山国家森林公园

1A 级（12 家）

铜陵长江大桥公园	安庆云峰峡谷
铜陵白鱀豚养护场	安市天仙河景区
铜陵东胡休闲娱乐中心	安庆妙道山国家森林公园
铜陵螺丝山青年公园	安庆小孤山风景区
安庆白牙寨风景区	淮北相山公园
安庆市莲洞国家森林公园	巢湖桃花岛度假区

福建省

4A 级（22 家）

厦门鼓浪屿旅游区	厦门海沧大桥旅游区
泰宁金湖	厦门集美嘉庚园
永安桃源洞旅游区	三明格氏栲国家森林公园
武夷山风景名胜区	三明梅列瑞云山
泉州开元寺	永春牛姆生态旅游区
福州国家森林公园	永泰青云山风景名胜区
厦门园林植物园	泉州惠安崇武古城风景区
连城冠豸山	天福茶博物院景区
安溪清水岩	福清石竹山风景名胜区
莆田湄洲岛国家旅游度假区	永定客家土楼民俗文化村
东山风动石景区	龙岩龙硿洞风景名胜区

3A 级（4 家）

安溪凤山风景旅游区	南安市灵应风景旅游区
厦门胡里公园	永春蓬湖百丈岩风景区

2A 级（2 家）

邵武熙春园	沙县沙阳乐园

江西省

4A 级（9 家）

庐山风景名胜区	赣州通天岩景区
井冈山风景区	上饶戈阳龟峰景区
龙虎山风景旅游区	景德镇陶瓷历史博览区
滕王阁	婺源江湾景区
三清山风景区	

3A 级（6 家）

婺源文化与生态旅游区	九江石钟山
景德镇陶瓷博物馆	九江龙宫洞风景区
赣州阳岭森林公园	宜春三爪仑生态旅游区

2A 级（6 家）

抚州汤显祖纪念馆	吉安安福武功山温泉山庄
抚州南丰紫霄观漂流风景区	上饶铅山葛仙山风景区
吉安文天祥纪念馆	上饶大坳枫泽湖风景区

1A 级（1 家）

吉安永丰欧阳修纪念馆

山东省

4A 级（19 家）

曲阜孔庙—孔府—孔林旅游区	刘公岛风景名胜区
崂山风景名胜区	青岛海滨风景区
泰山风景名胜区	济南跑马岭旅游区
蓬莱阁旅游区	乳山银滩旅游度假区
烟台南山旅游区	荣成市成山头风景名胜区
灵岩寺旅游区	济南大明湖公园

济南趵突泉公园

济南红叶谷生态文化旅游区

淄博聊斋城

淄博原山国家森林公园

潍坊沂山风景区

临沂蒙山旅游区

日照五莲山旅游风景区

3A 级（20 家）

济南五峰山旅游区

青岛海尔科技馆

青岛琅琊台风景区

青岛德式官邸旧址

青岛海军博物馆

青岛田横岛旅游度假区

青岛电视塔

烟台塔山风景区

烟台长岛风景区

烟台金沙滩旅游区

潍坊安丘青云山民俗游乐园

淄博聊斋旅游区

蒙山旅游区平邑龟蒙景区

蒙山旅游区蒙阴云蒙景区

阳谷景阳冈旅游区

荣成市圣水观风景名胜区

烟台山旅游区

曲阜六艺城

水泊梁山旅游区

2A 级（48 家）

枣庄李宗仁史料馆

莒县浮来山景区

日照鲁南海滨国家森林公园

青岛天后宫

青岛植物园

莱西崔子范美术馆

胶州高凤翰纪念馆

莱芜战役纪念馆

莱芜房干生态旅游区

长清齐长城旅游区

长清卧龙峪生态旅游区

惠民孙子故园

东营胜利油田科技展览中心

东营天鹅湖公园

临淄齐国历史博物馆

临淄古车马馆

博山开元溶洞

青州云门山风景区

潍坊金宝乐园

莱州云峰山风景区

招远罗山国家森林公园

长岛仙境源景区

烟台崆峒岛风景区

烟台昆仑山国家森林公园

荣成花斑彩石景区

长岛望夫礁景区

淄博市陶瓷博物馆

泰安腊山国家森林公园

威海仙姑顶旅游区

临沂茶山旅游区

临沂盛能游乐园

临沂中华园艺旅游区

淄博王士禛纪念馆

临朐老龙湾风景区

临沂动植物园

沂水四门洞

沂水雪山旅游区

郯城新村银杏园

泰安徂徕山国家森林公园

肥城桃源世界风景区

枣庄熊耳山国家地质公园

枣庄山亭区红枣农业旅游区

日照大青山风景区

青岛京华旅游观光工场

青岛康有为故居纪念馆

青岛即墨鹤山风景区

青岛华山国际乡村俱乐部

曲阜孔子精华苑

1A 级（6 家）

日照万平口海滨旅游区

平湖现河公园

胶州艾山风景区

莱州千佛阁

青岛即墨龙山风景区

枣庄甘泉禅寺

河南省

4A 级（26 家）

洛阳龙门石窟

洛阳白马寺

关林景区

清明上河园

嵩山少林风景区

开封包公祠

郑州黄河游览区

林州红旗渠游览区

濮阳绿色庄园景区

开封龙亭公园

开封相国寺

济源五龙口风景名胜区

洛阳龙峪湾国家森林公园	焦作沁阳神农坛风景名胜区
洛阳鸡冠洞风景名胜区	焦作博爱青天河风景名胜区
三门峡虢国博物馆	安阳殷墟博物苑
焦作云台山风景名胜区	林州太行大峡谷风景名胜区
鹤壁淇县云梦山风景名胜区	嵖岈山风景名胜区
鹤壁浚县大伾山风景区	郑州嵩阳书院
平顶山石人山风景名胜区	濮阳戚城文物景区

3A 级（16 家）

郑州黄帝故里	洛阳花果山
洛阳汉光武帝原陵	商丘永城芒砀山文物旅游区
洛阳龙马负图寺	濮阳世锦园
洛阳王铎故居	三门峡甘山森林公园
洛阳千唐志斋	三门峡函谷关古文化旅游区
洛阳八路军驻洛办事处	三门峡大坝风景区
洛阳博物馆	濮阳毛楼生态旅游区
洛阳民俗博物馆	孟州市韩愈陵园

2A 级（17 家）

洛阳偃师商城博物馆	新乡潞王陵
许昌禹州均官窑址博物馆	新郑博物馆
焦作群英湖风景区	郑州花园口景区
三门峡荆州黄帝铸鼎塬旅游区	新乡愚公泉景区
三门峡鼎湖芦苇荡风景区	新乡世纪青青生态度假村
许昌市紫云山景区	鹤壁三兴集团淇滨康乐村
济源市济渎庙风景区	鹤壁淇县灵山风景区
新乡百泉景区	中牟雁鸣湖景区
新乡京华园	

湖南省

4A 级（16 家）

武陵源风景名胜区	常德桃花源风景区
刘少奇同志纪念馆	株州炎帝陵旅游区
长沙世界之窗	郴州东江湖风景旅游区
南岳衡山风景名胜区	郴州苏仙岭风景名胜区
长沙岳麓山风景名胜区	长沙海底世界
岳阳楼旅游区	张家界土家风情园
张家界黄龙洞旅游区	张家界宝峰湖风景区
韶山毛泽东故居景区	张家界江垭温泉度假村

3A 级（10 家）

长沙雷锋纪念馆	常德花岩溪景区
长沙大围山	常德夹山国家森林公园
长沙石燕湖	常德柳叶湖度假区
彭德怀纪念馆	株州大京风景旅游区
怀化受降馆	郴州万华岩旅游区

2A 级（14 家）

怀化侗文化城	沅江胭脂湖旅游区
洪江芙蓉楼旅游区	娄底新化狮子山公园
辰溪燕子洞旅游区	安化红岩旅游风景区
通道独岩公园	郴州市北湖公园
常德市博物馆	永兴龙华山风景区
益阳北峰山森林公园	新邵白水洞旅游区
桃花江竹海旅游区	衡阳市回雁峰景区

1A 级（2 家）

益阳花乡农家乐旅游区	安化柘溪旅游风景区

湖北省

4A 级（20 家）

武汉市东湖风景区 　　　　　神农架天燕原始生态旅游区

黄鹤楼 　　　　　　　　　　神农架神农顶风景区

归元禅寺 　　　　　　　　　神农架红坪景区

长江三峡工程坛子岭旅游区 　巴东神农溪旅游区

隆中风景区 　　　　　　　　洪湖蓝田生态旅游风景区

湖北省博物馆 　　　　　　　鄂州莲花山旅游区

荆州博物馆 　　　　　　　　荆州古城历史文化旅游区

武当山风景区 　　　　　　　宜昌西陵峡口风景名胜区

武汉辛亥革命武昌起义纪念馆(红楼) 宜昌车溪民俗风景区

武汉中国科学院武汉植物园 　宜昌三峡人家风景区

3A 级（4 家）

当阳玉泉风景区 　　　　　　宜昌中华鲟园

兴山县昭君村旅游区 　　　　武汉晴川阁

2A 级（40 家）

武汉东湖鸟语林 　　　　　　保康县五道峡自然风景区

武汉华泰汤孙湖旅游度假区 　枣阳市白水寺旅游风景区

荆州市万寿园 　　　　　　　十堰市四方山植物园

荆州市荆州盆景园 　　　　　十堰市伏龙山自然风景区

荆州市荆州碑苑 　　　　　　十堰市房县神农峡景区

荆州市荆州关公馆 　　　　　十堰市人民公园

襄樊市米芾纪念馆 　　　　　十堰市牛头山森林公园

谷城县薤山旅游度假区 　　　襄樊锦绣园高新农业观光园

谷城县南河风景区 　　　　　襄樊枣阳青龙山熊河风景区

南漳县水镜庄风景区 　　　　黄石东方山风景区

保康县汤池峡温泉度假区 　　黄石大冶雷山风景区

随州炎帝神农烈山风景名胜区	黄冈市蕲春李时珍纪念馆
随州曾侯乙墓景区	黄冈市浠水闻一多纪念馆
随州高贵三潭风景区	黄冈市浠水三角山风景区
荆门京山大洪山鸳鸯溪	孝感市董永公园
孝感大悟鄂豫边区烈士陵园	咸宁市太乙洞风景区
孝感应城市汤池旅游风景区	咸宁市澄水洞旅游区
鄂州梁子岛生态旅游度假区	咸宁市星星竹海风景区
鄂州市博物馆	通山县闯王陵景区
咸宁市玄素洞风景区	仙桃市沔城风景名胜区

1A 级（3 家）

襄樊襄王府绿影壁	襄樊宜城张自忠将军纪念馆
襄樊南漳香水河风景区	

广东省

4A 级（29 家）

珠海圆明新园	河源新丰江国家森林公园
肇庆星湖风景名胜区	广州中山纪念堂
深圳华侨城旅游度假区	广东美术馆
深圳观澜湖高尔夫球会	广州番禺宝墨园
丹霞山风景名胜区	广州番禺莲花山旅游区
阳江海陵岛大角湾风景名胜区	江门圭峰风景区
广州白云山风景名胜区	江门开平立园
清新温矿泉旅游度假区	江门金山温泉旅游度假区
广州香江野生动物世界	汕头中信高尔夫海滨度假村
孙中山故居	汕头礐石风景名胜区
西樵山风景名胜区	湛江湖光岩风景名胜区
梅县雁南飞度假村	惠州西湖风景名胜区

东莞鸦片战争博物馆　　　　　　梅县华银雁鸣湖旅游度假区

广州西汉南越王博物馆　　　　　　汕头南澳岛旅游区

广州黄花岗公园

3A 级（2 家）

汕头潮阳莲花峰风景区　　　　　　广州抽水蓄能电站旅游度假区

2A 级（6 家）

河源龙川县水坑生态旅游娱乐区　　湛江雷州雷祖祠游览区

河源新丰江大坝旅游区　　　　　　湛江雷州三元塔公园

湛江雷州西湖公园　　　　　　　　东莞冠和博物馆

广西壮族自治区

4A 级（16 家）

七星景区　　　　　　　　　　　　柳州龙潭景区

芦笛景区　　　　　　　　　　　　柳侯公园

漓江景区　　　　　　　　　　　　柳州立鱼峰风景区

北海银滩旅游区　　　　　　　　　桂林冠岩景区

南宁青秀山风景旅游区　　　　　　桂林乐满地休闲世界

象山景区（原象山公园、滨江公园）　玉林容县"三名"旅游景区

桂林世外桃源旅游区　　　　　　　桂平西山风景名胜区

北海海底世界　　　　　　　　　　桂平愚自乐园艺术园

3A 级（10 家）

南宁良凤江国家森林公园　　　　　桂林银子岩旅游度假区

南宁武鸣伊岭岩风景区　　　　　　桂林尧山景区

桂林阳朔文化古迹山水园　　　　　桂林龙胜温泉旅游度假区

桂林丰鱼岩旅游度假区　　　　　　柳州都乐岩风景区

桂林漓江民俗风情园　　　　　　　桂林资江景区

2A 级（1 家）

防城港十万大山国家森林公园

海南省

4A 级（5 家）

三亚南山文化旅游区　　　　　　　　兴隆热带植物园

三亚亚龙湾国家旅游度假区　　　　　海南热带海洋世界

天涯海角风景区

3A 级（1 家）

兴隆亚洲风情园

2A 级（1 家）

琼海椰寨农家乐

重庆市

4A 级（17 家）

丰都名山　　　　　　　　　　　　　万盛石林风景区

巫山小三峡—小小三峡　　　　　　　重庆人民大礼堂及人民广场

大足石刻艺术博物馆　　　　　　　　缙云山国家级自然保护区

奉节白帝城—瞿塘峡　　　　　　　　重庆北泉风景区

忠县石宝寨　　　　　　　　　　　　重庆野生动物世界

江津聂荣臻元帅陈列馆　　　　　　　重庆万盛黑山谷生态旅游区

武隆芙蓉洞风景区　　　　　　　　　重庆南山植物园

重庆武隆天生三桥风景区　　　　　　重庆歌乐山烈士陵园

歌乐山森林公园

3A 级（3 家）

重庆渝北碧津公园　　　　　　　　　重庆金刀峡风景区

重庆张关水溶洞风景区

2A 级（16 家）

歌乐山森林公园	酉阳龚滩古镇
巫溪县灵巫洞	江津骆骒山风景区
石柱县毕兹卡绿宫	垫江牡丹生态旅游区
重庆老龙洞景区	渝北区鹿山农业观光园
海洋公园	大韩民国临时政府旧址陈列馆
北碚金果生态旅游区	宋庆龄旧居陈列馆
万州盐井龙洞	潼南县杨闇公旧居
万州大垭口森林公园	

1A 级（3 家）

渝中区珊瑚公园	酉阳县桃花源
九龙坡区三多桥白鹭园	

四川省

4A 级（14 家）

峨眉山风景名胜区	宜宾蜀南竹海风景名胜区
都江堰景区	泸定海螺沟冰川森林公园
青城山景区	自贡恐龙博物馆
乐山大佛景区	雅安碧峰峡
九寨沟风景名胜区	大邑刘氏庄园
黄龙风景名胜区	小金四姑娘山
广汉三星堆博物馆	广安邓小平纪念园

3A 级（8 家）

自贡盐业历史博物馆	安岳石刻
自贡彩灯博物馆	合江佛宝

乐山东方佛都

西昌卫星发射基地

洪雅瓦屋山国家森林公园

雅安蒙山风景名胜区

2A 级（44 家）

泸州市玉蟾山景区

资阳乐至龙门报国寺

泸州市方山景区

阿坝汶川三江生态区

自贡市荣县大佛景区

南充锦屏山东山园林

资阳市三岔湖景区

达州达县真佛山

自贡尖山自然风景区

达州宣汉百里峡

自贡农团生态旅游景区

广安华蓥山水杉山庄

自贡双溪风景区

广安华蓥山仙鹤洞

成都龙门山回龙沟

巴中巴州三江水乡度假区

成都白塔湖

巴中平昌县佛头山森林公园

绵阳富乐山

巴中南阳森林公园

绵阳江油李白纪念馆

成都邛崃竹溪湖生态旅游区

绵阳梓潼七曲山大庙

成都红砂村花乡农居

内江张大千纪念馆

乐山郭沫若故居

内江资中重龙山

乐山峨嵋大庙飞来殿

乐山夹江千佛岩

自贡吴玉章故居

泸州张坝桂圆林

宜宾长宁西部石林

泸州九狮景区

宜宾长宁佛来山

攀枝花米易龙潭溶洞

内江隆昌古湖景区

攀枝花鑫岛游乐城

广安肖溪古镇

攀枝花长江国际漂流基地

广安宝箴塞民俗文化村

雅安喇叭河森林公园

遂宁蓬溪高峰山

眉山青神中国竹艺城

达州渠县龙潭景区

1A 级（1 家）

广安岳池翠湖

贵州省

4A 级（4 家）

黄果树瀑布　　　　　　　　　　　黔灵公园

龙宫　　　　　　　　　　　　　　　红枫湖

3A 级（2 家）

贵阳滨河公园　　　　　　　　　　贵阳森林公园

2A 级（4 家）

黔南州都匀西山公园　　　　　　黔西南州贵州奇香园旅游区

黔南州东山公园　　　　　　　　遵义"乌江渡旅游区"

云南省

4A 级（18 家）

云南世界园艺博览园　　　　　　大理南诏风情岛

云南民族村　　　　　　　　　　泸西阿庐古洞景区

丽江玉龙雪山旅游度假区　　　　陆良彩色沙林景区

云南石林风景名胜区　　　　　　大理崇圣寺三塔

中科院西双版纳热带植物园　　　罗平九龙瀑布群风景区

昆明金殿名胜区　　　　　　　　腾冲热海国家重点风景名胜区

宜良九乡风景区　　　　　　　　建水燕子洞风景名胜区

西双版纳傣族园　　　　　　　　大理宾川鸡足山景区

西双版纳原始森林公园　　　　　德宏南甸宣抚司署

3A 级（9 家）

昆明西山森林公园　　　　　　　大理蝴蝶泉公园

丽江黑龙潭公园　　　　　　　　通海秀山公园

版纳野象谷景区　　　　　　　　丘北普者黑风景区

版纳热带花卉园　　　　　　　　腾冲火山国家公园

武定狮子山景区

2A 级（44 家）

楚雄太阳历公园　　　　　　　　石屏焕文公园

元谋土林景区　　　　　　　　　思茅梅子湖公园

永仁方山景区　　　　　　　　　墨江北回归线标志园

华宁象鼻温泉度假村　　　　　　景洪曼听公园

易门龙泉森林公园　　　　　　　西双版纳州民族风情园

大理市洱海公园　　　　　　　　西双版纳猴山景区

大理天镜阁景区　　　　　　　　潞西市勐巴娜西大花园

剑川满贤林景区　　　　　　　　德宏民族风情浏览区

贺庆县新华民族村　　　　　　　瑞丽独树成林景点

弥渡县东山森林公园　　　　　　瑞丽旅游淘宝场

漾濞石门关景区　　　　　　　　瑞丽莫里热带雨林景区

丽江玉水寨景区　　　　　　　　保山太保公园

丽江文笔山景区　　　　　　　　保山北庙湖公园

迪庆州博物馆　　　　　　　　　龙陵邦腊掌度假区

迪庆州民族服饰旅游展演中心　　腾冲叠水河景区

中甸纳帕海景区　　　　　　　　腾冲云峰山景区

中甸天生桥温泉景区　　　　　　临沧茶文化风景园

中甸藏经阁景点　　　　　　　　临沧五老山国家森林公园

砚山浴仙湖景区　　　　　　　　云县漫湾百里长湖景区

沾益珠江源景区　　　　　　　　沧源崖画景区

富宁驮娘江景区　　　　　　　　大关黄连河景区

弥勒白龙洞景区　　　　　　　　水富县西部大峡谷温泉旅游区

1A 级（9 家）

牟定化佛山景区	盈江凯棒亚湖景区
文山西华公园	梁河南甸宣抚景区
思茅小黑江森林公园	临沧西门公园
勐海景真八角亭景点	凤庆凤山公园
勐海打洛独树成林景点	

西藏自治区

4A 级（6 家）

西藏博物馆	西藏罗布林卡
西藏布达拉宫	西藏林芝巴松措旅游区
西藏大昭寺	日喀则扎什伦布寺

陕西省

4A 级（17 家）

秦兵马俑博物馆	西安碑林博物馆
华清池	秦始皇陵
华山风景名胜区	西安城墙
乾陵博物馆	骊山森林公园
茂陵博物馆	西安翠华山旅游风景区
大慈恩寺大雁塔风景区	延安黄帝陵旅游区
法门寺旅游区	延安革命纪念馆
太白山国家森林公园	延安枣园革命旧址
陕西历史博物馆	

3A 级（7 家）

耀州窑博物馆	玉华宫风景区

昭陵博物馆   延安宝塔山旅游区

三原县博物馆   延安杨家岭革命旧址

姜子牙钓鱼台风景名胜区

2A 级（15 家）

咸阳黄土文化民俗村   渭南韩城党家村民居

咸阳杨贵妃墓   延安五家坪革命旧址

宝鸡炎帝陵   延安凤凰山革命旧址

宝鸡五丈塬诸葛亮庙   延安清凉山旅游区

宝鸡凤翔东湖   铜川药王故里

汉中张骞纪念馆   杨凌昆虫博物馆

汉中天台森林公园   杨凌水上体育运动中心

渭南韩城市博物馆

1A 级（3 家）

宝鸡秦公一号大墓   渭南周原大禹庙

渭南普照寺（元代建筑博物馆）

甘肃省

4A 级（6 家）

嘉峪关文物景区   麦积山风景名胜区

敦煌鸣沙山—月牙泉风景名胜区   西汉酒泉胜迹

崆峒山风景名胜区   兴隆山国家级自然保护区

3A 级（2 家）

甘州大佛寺旅游景区   肃南马蹄寺风光旅游区

2A 级（27 家）

兰州五泉山公园   平凉崇信龙泉寺

兰州白塔山公园   平凉泾川王母宫

庆阳周祖陵森林公园　　敦煌三危山旅游区

武都万象洞　　夏河桑科草原

临夏市人民公园　　甘南州大峪沟生态旅游景区

临夏市东郊公园　　甘南州冶力关风景区

武威市博物馆　　定西市安定区玉湖公园

武威雷台　　仁寿山森林公园

临泽双泉湖旅游区　　渭源县灞陵桥公园

山丹艾黎捐赠文物陈列馆　　临洮县岳麓山森林公园

张掖市森林公园　　平凉市崆峒区柳湖公园

张掖市甘泉公园　　平凉市崆峒区太统森林公园

张掖市黑河森林公园　　庄浪县紫荆山公园

敦煌仿宋沙洲城

1A 级（2 家）

敦煌白马塔景区　　肃北县人民公园

青海省

4A 级（3 家）

格尔木昆仑旅游区　　塔尔寺旅游区

互助土族故土园旅游区

宁夏回族自治区

4A 级（3 家）

沙湖生态旅游区　　银川市镇北堡华夏西部影视城

沙坡头旅游区

2A 级（6 家）

银川金水园　　银川海宝塔寺

银川贺兰山滚中口 　　　　　　　宁夏青铜峡旅游区

宁夏华夏珍奇艺术城 　　　　　　固原须弥山石窟

1A 级（1 家）

泾源胭脂峡

新疆维吾尔自治区

4A 级（3 家）

天山天池风景名胜区 　　　　　　布尔津县喀纳斯风景名胜区

吐鲁番葡萄沟游乐园

3A 级（6 家）

哈密地区天山风景名胜区 　　　　巴州博湖县阿洪口旅游风景区

伊犁州那拉提草原旅游区 　　　　阿勒泰地区福海海滨旅游区

巴州和硕县金沙滩旅游度假区 　　乌鲁木齐水磨沟生态旅游区

2A 级（24 家）

哈密天宝康乐中心 　　　　　　　阿克苏天山神秘大峡谷

塔城沙湾温泉旅游区 　　　　　　克州喀拉库勒湖

乌鲁木齐红山公园 　　　　　　　喀什阿帕尔霍加墓

石河子市北湖旅游风景区 　　　　乌鲁木齐市水上乐园

石河子市周恩来总理纪念碑馆 　　乌鲁木齐市植物园

石河子市高新农业技术示范园区 　乌鲁木齐市银都度假村

博州博格达温泉度假村 　　　　　昌吉市人民公园

阿勒泰桦林公园 　　　　　　　　石河子市屯垦第一连

伊犁州那拉提胜境森林公园 　　　石河子市巴音山庄

伊犁州阿克塔斯避暑山庄 　　　　哈密天山之夏狩猎场

伊犁州尼勒克次森林度假村 　　　巴里坤县怪石山旅游度假村

阿克苏天山神木园 　　　　　　　喀什盘橐城

1A 级（8 家）

塔城市垂钓公园	昌吉州玛纳斯县北公园
昌吉州杜氏旅游度假村	昌吉州清水泉旅游度假村
博州怪石沟	沙湾县森林公园
博州青格里度假村	巴里坤县古民宅

2. 中国的世界遗产（含非物质文化遗产）名单（33 处）

（1）明清皇宫文化遗产扩展项目——沈阳故宫

（2）中国高句丽王城、王陵及贵族墓葬

（3）人类口头遗产和非物质遗产代表作：古琴艺术

（4）人类口头遗产和非物质遗产代表作：昆曲

（5）世界自然遗产：三江并流

（6）世界文化遗产：云冈石窟

（7）世界文化遗产：皖南古村落：西递、宏村

（8）世界文化遗产：明清皇陵

（9）世界文化遗产：龙门石窟

（10）世界文化遗产：青城山与都江堰

（11）世界文化与自然遗产：武夷山

（12）世界文化遗产：大足石刻

（13）世界文化遗产：天坛

（14）世界文化遗产：颐和园

（15）世界文化遗产：苏州古典园林

（16）世界文化遗产：平遥古城

（17）世界文化遗产：丽江古城

（18）世界文化与自然遗产：峨眉山和乐山大佛

（19）世界文化遗产：庐山国家公园

（20）世界文化遗产：武当山古建筑群

（21）世界文化遗产：孔庙、孔府、孔林

（22）世界文化遗产：承德避暑山庄和周围寺庙

（23）世界文化遗产：拉萨布达拉宫和大昭寺

（24）世界自然遗产：黄龙风景名胜区

（25）世界自然遗产：九寨沟风景名胜区

（26）世界自然遗产：武陵源风景名胜区

（27）世界自然与文化遗产：黄山

（28）世界自然与文化遗产：泰山

（29）世界文化遗产：周口店"北京人"遗址

（30）世界文化遗产：莫高窟

（31）世界文化遗产：秦始皇陵

（32）世界文化遗产：明清皇宫（北京故宫、沈阳故宫）

（33）世界文化遗产：长城

3. 中国的世界地质公园名单（8家）

（1）安徽黄山地质公园

（2）江西庐山地质公园

（3）河南云台山地质公园

（4）云南石林地质公园

（5）广东丹霞地质公园

（6）湖南张家界地质公园

（7）黑龙江五大连池地质公园

（8）河南嵩山地质公园

4. 国家重点风景名胜区名单

北　京：八达岭—十三陵、石花洞

天　津：盘山

河　北：承德避暑山庄—外八庙、秦皇岛北戴河、野三坡、苍岩山、嶂石岩　西柏坡—天桂山、崆山白云洞

山　西：五台山、恒山、黄河壶口瀑布、北武当山、五老峰

内蒙古：扎壮屯

黑龙江：镜泊湖、五大连池

辽　宁：鞍山千山、兴城海滨、大连金石滩、大连海滨—旅顺口、鸭绿江、凤凰山、本溪水洞、青山沟、医巫闾山

吉　林："八大部"—净月潭、松花湖、仙景台、防川

陕　西：华山、临潼骊山、宝鸡天台山、黄帝陵

宁　夏：西夏王陵

甘　肃：麦积山、崆峒山、鸣沙山—月牙泉

青　海：青海湖

新　疆：天山天池、库木塔格沙漠、博斯腾湖风景名胜区

四　川：峨眉山、黄龙寺—九寨沟、青城山—都江堰、剑门蜀道、贡嘎山、蜀南竹海、西岭雪山、四姑娘山、石海洞乡、邛海—螺髻山

重　庆：缙云山、长江三峡、金佛山、芙蓉江

贵　州：黄果树、织金洞、沅阳河、红枫湖、龙宫、赤水、马岭河峡谷、荔波樟江

云　南：路南石林、大理、西双版纳、昆明滇池、三江并流、丽江玉龙雪山、腾冲地热火山、瑞丽江—大盈江、九乡、建水

西　藏：雅砻河

河　南：嵩山、洛阳龙门、鸡公山、王屋山—云台山、石人山

安　徽：黄山、九华山、天柱山、琅琊山、齐云山、采石、巢湖、花山谜窟

江　西：庐山、井冈山、三清山、龙虎山、仙女湖、三百山

湖　北：武汉东湖、武当山、大洪山、九宫山、隆中、陆山

湖　南：衡山、武陵源、岳阳楼—洞庭湖、韶山、岳麓山、崀山

山　东：泰山、青岛崂山、胶东半岛海滨、博山、青州

江　苏：南京钟山、太湖、云台山、蜀岗—瘦西湖

浙　江：杭州西湖、富春江—新安江、雁荡山、普陀山、天台山、嵊泗列岛、楠溪江、莫干山、雪窦山、双龙、仙都、江郎山、仙居、浣江—五泄

福　建：武夷山、清源山、鼓浪屿—万石山、太姥山、桃源洞—鳞隐石林、金湖、鸳鸯溪、海坛、冠豸山、鼓山、玉华洞

广　东：肇庆星湖、西樵山、丹霞山、白云山、惠州西湖

广　西：桂林漓江、桂平西山、花山

海　南：三亚热带海滨

5. 各批国家地质公园

第一批国家地质公园：云南石林、云南澄江、湖南张家界、河南嵩山、江西庐山、江西龙虎山、黑龙江五大连池、四川自贡恐龙、四川龙门山、陕西翠华山、福建漳州

第二批国家地质公园：安徽黄山、安徽齐云山、安徽淮南八公山、安徽浮山、甘肃敦煌雅丹、甘肃刘家峡恐龙、内蒙古克什克藤、云南腾冲、广东丹霞山、四川海螺沟、四川大渡河峡谷、四川安县、福建大金湖、河南焦作云台山、河南内乡宝天幔、黑龙江嘉荫恐龙、北京石花洞、北京延庆硅化木、浙江常山、浙江临海、河北涞源白石山、河北秦皇岛柳江、河北阜平天生桥、黄河壶口瀑布、山东枣庄熊耳山、山东山旺、陕西洛川黄土、西藏易贡、湖南郴州飞天山、湖南莨山、广西资源、天津蓟县、广东湛江湖光岩

第三批国家地质公园：河南王屋山、四川九寨沟、浙江雁荡山、四川黄龙、辽宁朝阳古生物化石、广西百色乐业大石围天坑群、河南西峡伏牛山、贵州关岭化石群、广西北海涠周岛火山、河南嵖岈山、浙江新昌硅化木、云南禄丰恐龙、新疆布尔津喀纳斯湖、福建晋江深沪湾、云南玉龙黎明——老

君山、安徽祁门牯牛降、甘肃景泰黄河石石林、北京十渡、贵州兴义、四川兴文石海、重庆武隆岩溶、内蒙古阿尔山、福建福鼎太姥山、青海尖扎坎布拉、河北赞皇嶂石岩、河北涞水野三坡、甘肃平凉崆峒山、新疆奇台硅化木——恐龙

6. 国家森林公园名单

北京

西山国家森林公园	小龙门国家森林公园
上方山国家森林公园	鹫峰国家森林公园
蟒山国家森林公园	大兴古桑国家森林公园
云蒙山国家森林公园	大杨山国家森林公园

天津

九龙山国家森林公园

河北

海滨国家森林公园	五岳寨国家森林公园
木兰围场国家森林公园	白草洼国家森林公园
磐槌峰国家森林公园	天生桥国家森林公园
金银滩国家森林公园	黄羊山国家森林公园
石佛国家森林公园	茅荆坝国家森林公园
清东陵国家森林公园	响堂山国家森林公园
辽河源国家森林公园	野三坡国家森林公园
山海关国家森林公园	六里坪国家森林公园

山西

五台山国家森林公园	管涔山国家森林公园
天龙山国家森林公园	恒山国家森林公园
关帝山国家森林公园	云岗国家森林公园

龙泉国家森林公园

五老峰国家森林公园

禹王洞国家森林公园

老顶山国家森林公园

赵杲观国家森林公园

乌金山国家森林公园

方山国家森林公园

中条山国家森林公园

交城山国家森林公园

黄崖洞国家森林公园

太岳山国家森林公园

太行峡谷国家森林公园

内蒙古

红山国家森林公园

好森沟国家森林公园

察尔森国家森林公园

额济纳胡杨国家森林公园

黑大门国家森林公园

旺业甸国家森林公园

海拉尔国家森林公园

桦木沟国家森林公园

乌拉山国家森林公园

莫尔道嘎国家森林公园

乌素图国家森林公园

阿尔山国家森林公园

马鞍山国家森林公园

伊克萨玛国家森林公园

二龙什台国家森林公园

乌尔旗汉国家森林公园

兴隆国家森林公园

兴安国家森林公园

黄岗梁国家森林公园

绰源国家森林公园

达尔滨湖国家森林公园

阿里河国家森林公园

贺兰山国家森林公园

辽宁

旅顺口国家森林公园

本溪国家森林公园

海棠山国家森林公园

陨石山国家森林公园

大孤山国家森林公园

天桥沟国家森林公园

首山国家森林公园

盖县国家森林公园

凤凰山国家森林公园

元帅林国家森林公园

库区国家森林公园

仙人洞国家森林公园

大连国家森林公园

长山群岛国家海岛森林公园

普兰店国家森林公园

大黑山国家森林公园

沈阳国家森林公园

金龙寺国家森林公园

本溪环城国家森林公园

冰砬山国家森林公园

猴石国家森林公园

千山仙人台国家森林公园

清原红河谷国家森林公园

大连天门山国家森林公园

三块石国家森林公园

吉林

净月潭国家森林公园

五女峰国家森林公园

龙群湾国家森林公园

白鸡腰国家森林公园

帽儿山国家森林公园

半拉山国家森林公园

三仙夹国家森林公园

大安国家森林公园

长白国家森林公园

花山国家森林公园

拉法山国家森林公园

朱雀山国家森林公园

延边仙峰国家森林公园

图门江源国家森林公园

官马莲花山国家森林公园

肇大鸡山国家森林公园

图们江国家森林公园

寒葱顶国家森林公园

满天星国家森林公园

吊水壶国家森林公园

露水河国家森林公园

黑龙江

牡丹峰国家森林公园

火山口国家森林公园

大亮子河国家森林公园

乌龙国家森林公园

哈尔滨国家森林公园

街津山国家森林公园

齐齐哈尔国家森林公园

北极村国家森林公园

长寿国家森林公园

大庆国家森林公园

亚布力国家森林公园

一面坡国家森林公园

龙凤国家森林公园

金泉国家森林公园

乌苏里江国家森林公园

驿马山国家森林公园

三道关国家森林公园

绥芬河国家森林公园

五顶山国家森林公园

茅兰沟国家森林公园

龙江三峡国家森林公园

鹤岗国家森林公园

丹青河国家森林公园

石龙山国家森林公园

勃利国家森林公园

望龙山国家森林公园

胜山要塞国家森林公园

五大连池国家森林公园

日月峡国家森林公园

桃山国家森林公园

威虎山国家森林公园

五营国家森林公园

八里湾国家森林公园

梅花山国家森林公园

凤凰山国家森林公园

兴隆国家森林公园

雪乡国家森林公园

青山国家森林公园

大沽河国家森林公园

廻龙湾国家森林公园

溪水国家森林公园

方正龙山国家森林公园

镜泊湖国家森林公园

金山国家森林公园

佛手山国家森林公园

小兴安岭石林国家森林公园

六峰山国家森林公园

上海

佘山国家森林公园

东平国家森林公园

上海海湾国家森林公园

江苏

虞山国家森林公园

上方山国家森林公园

徐州环城国家森林公园

宜兴国家森林公园

惠山国家森林公园

东吴国家森林公园

云台山国家森林公园

第一山国家森林公园

南山国家森林公园　　　　　　　南京紫金山国家森林公园

宝华山国家森林公园　　　　　　铁山寺国家森林公园

西山国家森林公园

浙江

千岛湖国家森林公园　　　　　　玉苍山国家森林公园

大奇山国家森林公园　　　　　　钱江源国家森林公园

兰亭国家森林公园　　　　　　　紫微山国家森林公园

午潮山国家森林公园　　　　　　铜铃山国家森林公园

富春江国家森林公园　　　　　　花岩国家森林公园

竹乡国家森林公园　　　　　　　龙湾潭国家森林公园

天童国家森林公园　　　　　　　遂昌国家森林公园

雁荡山国家森林公园　　　　　　五泄国家森林公园

溪口国家森林公园　　　　　　　双峰国家森林公园

九龙山国家森林公园　　　　　　石门洞国家森林公园

双龙洞国家森林公园　　　　　　四明山国家森林公园

华顶国家森林公园　　　　　　　仙霞国家森林公园

青山湖国家森林公园　　　　　　大溪国家森林公园

安徽

黄山国家森林公园　　　　　　　皇莆山国家森林公园

琅琊山国家森林公园　　　　　　天堂寨国家森林公园

天柱山国家森林公园　　　　　　鸡笼山国家森林公园

九华山国家森林公园　　　　　　冶父山国家森林公园

皇藏峪国家森林公园　　　　　　太湖山国家森林公园

徽州国家森林公园　　　　　　　神山国家森林公园

大龙山国家森林公园　　　　　　妙道山国家森林公园

紫蓬山国家森林公园　　　　　　天井山国家森林公园

舜耕山国家森林公园	敬亭山国家森林公园
浮山国家森林公园	万佛山国家森林公园
石莲洞国家森林公园	八公山国家森林公园
齐云山国家森林公园	青龙湾国家森林公园
韭山国家森林公园	水西国家森林公园
横山国家森林公园	

福建

福州国家森林公园	将乐天阶山国家森林公园
天柱山国家森林公园	德化石牛山国家森林公园
平潭海岛国家森林公园	厦门莲花国家森林公园
华安国家森林公园	三明仙人谷国家森林公园
猫儿山国家森林公园	上杭国家森林公园
龙岩国家森林公园	武夷山国家森林公园
旗山国家森林公园	乌山国家森林公园
三元国家森林公园	漳平天台国家森林公园
灵石山国家森林公园	王寿山国家森林公园
东山国家森林公园	

江西

三爪仑国家森林公园	翠微峰国家森林公园
庐山山南国家森林公园	天柱峰国家森林公园
梅岭国家森林公园	泰和国家森林公园
三百山国家森林公园	鹅湖山国家森林公园
马祖山国家森林公园	龟峰国家森林公园
鄱阳湖国家森林公园	上清国家森林公园
灵岩洞国家森林公园	梅关国家森林公园
明月山国家森林公园	永丰国家森林公园

阁皂山国家森林公园	五指峰国家森林公园
三叠泉国家森林公园	柘林湖国家森林公园
武功山国家森林公园	陡水湖国家森林公园
铜钹山国家森林公园	万安国家森林公园
阳岭国家森林公园	三湾国家森林公园
天花井国家森林公园	安源国家森林公园

山东

崂山国家森林公园	药乡国家森林公园
抱犊崮国家森林公园	原山国家森林公园
黄河口国家森林公园	灵山湾国家森林公园
昆嵛山国家森林公园	双岛国家森林公园
罗山国家森林公园	蒙山国家森林公园
长岛国家森林公园	腊山国家森林公园
沂山国家森林公园	仰天山国家森林公园
尼山国家森林公园	伟德山国家森林公园
泰山国家森林公园	珠山国家森林公园
徂徕山国家森林公园	牛山国家森林公园
日照海滨国家森林公园	鲁山国家森林公园
鹤伴山国家森林公园	山巨嵎山国家森林公园
孟良崮国家森林公园	五莲山国家森林公园
柳埠国家森林公园	莱芜华山国家森林公园
刘公岛国家森林公园	艾山国家森林公园
槎山国家森林公园	龙口南山国家森林公园

河南

嵩山国家森林公园	风穴寺国家森林公园
寺山国家森林公园	石漫滩国家森林公园

薄山国家森林公园 淮河源国家森林公园

开封国家森林公园 神灵寨国家森林公园

亚武山国家森林公园 铜山湖国家森林公园

花果山国家森林公园 黄河故道国家森林公园

云台山国家森林公园 郁山国家森林公园

白云山国家森林公园 金兰山国家森林公园

龙峪湾国家森林公园 玉皇山国家森林公园

五龙洞国家森林公园 山查岈山国家森林公园

南湾国家森林公园 天池山国家森林公园

甘山国家森林公园

湖北

九峰国家森林公园 柴埠溪国家森林公园

鹿门寺国家森林公园 潜山国家森林公园

玉泉寺国家森林公园 八岭山国家森林公园

大老岭国家森林公园 危水国家森林公园

神农架国家森林公园 太子山国家森林公园

龙门河国家森林公园 三角山国家森林公园

大口国家森林公园 中华山国家森林公园

薤山国家森林公园 红安天台山国家森林公园

清江国家森林公园 坪坝营国家森林公园

大别山国家森林公园 吴家山国家森林公园

湖南

张家界国家森林公园 云山国家森林公园

桃源洞国家森林公园 九疑山国家森林公园

莽山国家森林公园 阳明山国家森林公园

大围山国家森林公园 南华山国家森林公园

黄山头国家森林公园   不二门国家森林公园

桃花源国家森林公园   河伏国家森林公园

天门山国家森林公园   岣嵝峰国家森林公园

天际岭国家森林公园   大云山国家森林公园

天鹅山国家森林公园   花岩溪国家森林公园

瞬皇山国家森林公园   大熊山国家森林公园

东台山国家森林公园   云阳国家森林公园

夹山寺国家森林公园   中坡国家森林公园

广东

梧桐山国家森林公园   南昆山国家森林公园

万有国家森林公园   西樵山国家森林公园

小坑国家森林公园   石门国家森林公园

南澳海岛国家森林公园   圭峰山国家森林公园

南岭国家森林公园   英德国家森林公园

新丰江国家森林公园   广宁竹海国家森林公园

韶关国家森林公园   北峰山国家森林公园

东海岛国家森林公园   大王山国家森林公园

流溪河国家森林公园

海南

尖峰岭国家森林公园   海口火山国家森林公园

蓝洋温泉国家森林公园   七仙岭温泉国家森林公园

吊罗山国家森林公园   黎母山国家森林公园

广西

桂林国家森林公园   龙潭国家森林公园

良凤江国家森林公园   大桂山国家森林公园

三门江国家森林公园   元宝山国家森林公园

八角寨国家森林公园　　　　　　黄猄洞天坑国家森林公园

十万大山国家森林公园　　　　　飞龙湖国家森林公园

龙胜温泉国家森林公园　　　　　太平狮山国家森林公园

姑婆山国家森林公园　　　　　　大容山国家森林公园

大瑶山国家森林公园

重庆

黄水国家森林公园　　　　　　　红池坝国家森林公园

仙女山国家森林公园　　　　　　雪宝山国家森林公园

茂云山国家森林公园　　　　　　玉龙山国家森林公园

梁平东山国家森林公园　　　　　黑山国家森林公园

武陵山国家森林公园　　　　　　歌乐山国家森林公园

青龙湖国家森林公园　　　　　　茶山竹海国家森林公园

黔江国家森林公园　　　　　　　九重山国家森林公园

桥口坝国家森林公园　　　　　　大园洞国家森林公园

铁峰山国家森林公园　　　　　　重庆南山国家森林公园

四川

都江堰国家森林公园　　　　　　九寨国家森林公园

剑门关国家森林公园　　　　　　天台山国家森林公园

双桂山国家森林公园　　　　　　福宝国家森林公园

瓦屋山国家森林公园　　　　　　黑竹沟国家森林公园

高山国家森林公园　　　　　　　夹金山国家森林公园

西岭国家森林公园　　　　　　　龙苍沟国家森林公园

二滩国家森林公园　　　　　　　美女峰国家森林公园

小三峡国家森林公园　　　　　　白水河国家森林公园

海螺沟国家森林公园　　　　　　华蓥山国家森林公园

七曲山国家森林公园　　　　　　五峰山国家森林公园

金佛山国家森林公园　　　　　　千佛山国家森林公园

措普国家森林公园　　　　　　雅克夏国家森林公园

米仓山国家森林公园　　　　　天马山国家森林公园

二郎山国家森林公园　　　　　空山国家森林公园

广元天台国家森林公园　　　　云湖国家森林公园

镇龙山国家森林公园

贵州

百里杜鹃国家森林公园　　　　雷公山国家森林公园

竹海国家森林公园　　　　　　习水国家森林公园

九龙山国家森林公园　　　　　黎平国家森林公园

凤凰山国家森林公园　　　　　朱家山国家森林公园

长坡岭国家森林公园　　　　　紫林山国家森林公园

燕子岩国家森林公园　　　　　沅阳湖国家森林公园

瑶人山国家森林公园　　　　　赫章国家森林公园

玉舍国家森林公园

云南

巍宝山国家森林公园　　　　　鲁布格国家森林公园

天星国家森林公园　　　　　　珠江源国家森林公园

清华洞国家森林公园　　　　　五峰山国家森林公园

东山国家森林公园　　　　　　钟灵山国家森林公园

来凤山国家森林公园　　　　　棋盘山国家森林公园

花鱼洞国家森林公园　　　　　灵宝山国家森林公园

磨盘山国家森林公园　　　　　小白龙国家森林公园

龙泉国家森林公园　　　　　　五老山国家森林公园

菜阳河国家森林公园　　　　　铜锣坝国家森林公园

金殿国家森林公园　　　　　　紫金山国家森林公园

章凤国家森林公园　　　　　　飞来寺国家森林公园

十八连山国家森林公园　　　　圭山国家森林公园

新生桥国家森林公园

陕西

太白山国家森林公园　　　　骊山国家森林公园

延安国家森林公园　　　　　汉中天台国家森林公园

楼观台国家森林公园　　　　金丝大峡谷国家森林公园

终南山国家森林公园　　　　通天河国家森林公园

天台山国家森林公园　　　　黎坪国家森林公园

天华山国家森林公园　　　　木王国家森林公园

朱雀国家森林公园　　　　　榆林沙漠国家森林公园

南宫山国家森林公园　　　　劳山国家森林公园

王顺山国家森林公园　　　　太平国家森林公园

五龙洞国家森林公园　　　　鬼谷岭国家森林公园

甘肃

吐鲁沟国家森林公园　　　　渭河源国家森林公园

石佛沟国家森林公园　　　　天祝三峡国家森林公园

松鸣岩国家森林公园　　　　冶力关国家森林公园

云崖寺国家森林公园　　　　沙滩国家森林公园

徐家山国家森林公园　　　　大河坝国家森林公园

贵清山国家森林公园　　　　大峪国家森林公园

麦积国家森林公园　　　　　腊子口国家森林公园

鸡峰山国家森林公园

青海

坎布拉国家森林公园　　　　群加国家森林公园

北山国家森林公园　　　　　仙米国家森林公园

大通国家森林公园

新疆

天池国家森林公园	奇台南山国家森林公园
照壁山国家森林公园	科桑溶洞国家森林公园
巩乃斯国家森林公园	金湖杨国家森林公园
那拉提国家森林公园	巩留恰西国家森林公园
贾登峪国家森林公园	哈密天山国家森林公园
白哈巴国家森林公园	哈日图热格国家森林公园
唐布拉国家森林公园	

宁夏

苏峪口国家森林公园	花马寺国家森林公园
六盘山国家森林公园	火石寨国家森林公园

西藏

巴松湖国家森林公园	然乌湖国家森林公园
色季拉国家森林公园	热振国家森林公园
玛旁雍错国家森林公园	姐德秀国家森林公园
班公湖国家森林公园	

7. 国家自然保护区名单

北　京：松山国家级自然保护区`

天　津：古海岸与湿地国家级自然保护区、蓟县中上元古界国家级自然保护区、八仙山国家级自然保护区

重　庆：金佛山自然保护区

黑龙江：洪河国家级自然保护区、五大连池国家级自然保护区、凉水国家级自然保护区、东北黑蜂国家级自然保护区、三江自然保护区、宝清七星河自然保护区、扎龙国家级自然保护区、丰林国家级自然保护区、牡丹峰国家级自然保护区、兴凯湖国家级自然保护区、呼中国家级自然保护区

吉　林：长白山国家级自然保护区、莫莫格国家级自然保护区、伊通火山群国家级自然保护区、向海国家级自然保护区

辽　宁：大连斑海豹国家自然保护区、丹东鸭绿江口滨海湿地国家级自然保护区、蛇岛—老铁山国家级自然保护区、北票鸟化石自然保护区、恒仁老秃顶子自然保护区、庄河仙人洞国家级自然保护区、白石砬子国家级自然保护区、医巫闾山国家级自然保护区、双台湾河口国家级自然保护区

内蒙古：科尔沁国家级自然保护区、汗马国家级自然保护区、西鄂尔多斯国家级自然保护区、锡林郭勒草原自然保护区、大青沟国家级自然保护区、达来诺尔国家级自然保护区、贺兰山国家级自然保护区、白音敖包自然保护区、赛罕乌拉自然保护区、达赉湖国家级自然保护区

山　西：芦芽山国家级自然保护区、阳城莽河猕猴自然保护区、历山国家级自然保护区、庞泉沟国家级自然保护区

河　北：围场红松洼自然保护区、昌黎黄金海岸国家级自然保护区、雾灵山国家级自然保护区

河　南：豫北黄河故道鸟类湿地国家级自然保护区、伏牛山国家级自然保护区、焦作太行山猕猴自然保护区、内乡宝天曼国家级自然保护区、鸡公山国家级自然保护区

湖　北：神农架国家级自然保护区、石首麋鹿自然保护区、五峰后河自然保护区、长江天鹅洲白暨豚国家级自然保护区、长江新螺段白暨豚国家级自然保护区

湖　南：张家界大鲵国家级自然保护区、永州都庞岭自然保护区、东洞庭湖国家级自然保护区、壶瓶山国家级自然保护区、莽山国家级自然保护区、八大公山国家级自然保护区

四　川：九寨沟国家级自然保护区、美姑大风顶国家级自然保护区、小金四姑娘山国家级自然保护区、攀枝花苏铁国家级自然保护

区、龙溪—虹口国家级自然保护区、贡嘎山国家级自然保护区、若尔盖湿地自然保护区、长江合江—雷波段珍稀鱼类自然保护区、唐家河国家级自然保护区、马边大风顶国家级自然保护区、蜂桶寨国家级自然保护区、卧龙国家级自然保护区

贵　州：赤水桫椤国家级自然保护区、梵净山国家级自然保护区、威宁草海国家级自然保护区、茂兰国家级自然保护区、习水中亚热带常绿阔叶林国家级自然保护区

云　南：西双版纳国家级自然保护区、大理苍山洱海国家级自然保护区、高黎贡山国家级自然保护区、西双版纳纳版河流域自然保护区、无量山自然保护区、哀牢山国家级自然保护区、白马雪山国家级自然保护区、南滚国家级自然保护区

西　藏：珠穆朗玛峰国家级自然保护区、墨脱国家级自然保护区、羌塘自然保护区

江　苏：盐城沿海滩涂珍禽国家级自然保护区、大丰麋鹿国家级自然保护区

安　徽：升金湖国家级自然保护区、金寨天马自然保护区、扬子鳄国家级自然保护区、牯牛降国家级自然保护区、鹞落坪国家级自然保护区

福　建：厦门海洋珍稀物种自然保护区、将乐龙栖山自然保护区、深沪湾海底古森林遗迹国家级自然保护区、武夷山国家级自然保护区、梅花山国家级自然保护区

江　西：井冈山自然保护区、鄱阳湖国家级自然保护区

浙　江：天目山国家级自然保护区、南麂列国家级自然保护区、乌岩岭国家级自然保护区、凤阳山—百山祖国家级自然保护区、临安清凉峰自然保护区

山　东：即墨马山国家级保护区、黄河三角洲国家级自然保护区、长岛国家级自然保护区

广　东：湛江红树林国家级自然保护区、车八岭国家级自然保护区、丹
霞山国家级自然保护区、南岭国家级自然保护区、内伶仃岛—
福田国家级自然保护区、惠东港口海龟国家级自然保护区、鼎
湖山国家级自然保护区

广　西：木论自然保护区、大瑶山自然保护区、北仑河口自然保护区、
弄岗国家级自然保护区、花坪国家级自然保护区、防城金花茶
国家级自然保护区、山口红树林国家级自然保护区、合浦营盘
港—英罗港儒良国家级自然保护区

海　南：东寨港国家级自然保护区、大洲岛国家级自然保护区、三亚珊
瑚礁国家级自然保护区、大田国家级自然保护区、坝王岭国家
级自然保护区

陕　西：周至国家级自然保护区、太白山国家级自然保护区、长青国家
级自然保护区、佛坪国家级自然保护区、牛背梁国家级自然保
护区

甘　肃：兴隆山国家级自然保护区、祁连山国家级自然保护区、安西极
旱荒漠国家级自然保护区、白水江国家级自然保护区

青　海：青海湖国家级自然保护区、可可西里国家级自然保护区、循化
孟达自然保护区、隆宝国家级自然保护区

宁　夏：贺兰山国家级自然保护区、沙坡头国家级自然保护区、六盘山
国家级自然保护区、灵武白芨滩自然保护区

新　疆：阿尔金山国家级自然保护区、巴音布鲁克国家级自然保护区、
哈纳斯国家级自然保护区、西天山自然保护区

附录二　国内有关旅游景区研究与工作成果文献检索

抓好旅游区（点）等级评定
打好行业管理"第五战役"

——在全国旅游区（点）质量等级评定第二期检查员培训班上的讲话（摘）

国家旅游局副局长　孙　钢

（2000 年 11 月 14 日）

一、《旅游区（点）质量等级的划分与评定》国家标准出台的过程及意义

《旅游区（点）质量等级的划分与评定》国家标准，是国家质量技术监督局于 1999 年 6 月 14 日正式批准发布、从 1999 年 10 月 1 日起正式实施的。这个标准，不但是旅游行业管理部门管理旅游景区（点）的第一项国家标准，也是我国在旅游标准化建设方面的一个创举，是借鉴国际经验、体现时代精神、用全新的理念和科学的办法促进我国旅游区（点）迈向保护、开发、建设、经营和管理新高度的一项重大举措。

旅游区（点）是旅游者产生旅游动机的直接因素，是旅游吸引力的根本来源，是旅游目的地形象的重要体现，是我国旅游业最基础的生产力要素和旅游创汇创收的一个重要来源。在 1999 年全国的旅游外汇收入中，游览点的收入为 7.49 亿美元，占全部旅游外汇收入的 5.3%；国内旅游的游览消

费若以其 5 倍计，则为 300 亿元人民币。更为重要的是，如果没有在这个旅游第一吸引物上拥有的优势，我国旅游业就不可能实现从"旅游资源大国"到"亚洲旅游大国"的飞跃，旅游业也不可能成为在扩大内需、拉动消费、促进经济社会发展中起日益重要作用的国民经济新的增长点。但长期以来，由于旅游区（点）客观存在着管理体制复杂、旅游管理力度相对薄弱的突出问题，障碍了其规范管理服务、提升综合素质、加快与国际水平接轨的步伐，与海内外旅游者日益增长的旅游需求不相适应，已成为目前阶段旅游投诉的一个重点。在 1999 年国家旅游局与国家统计局城市社会经济调查总队合作开展的中国国内旅游抽样调查中，对景区（点）评价"很好"的占 6%，评价"好"的占 32.8%，合计比重只达到 38.8%。为了规范旅游区（点）的管理和服务，提高综合素质，维护旅游者合法权益，加强旅游资源保护，按照国务院批准的国家旅游局"三定"方案和国家旅游局标准化工作规划，经国家质量技术监督局批准，国家旅游局将旅游区（点）的质量等级评定标准的制定，纳入 1996 年度国家标准制定计划。1996 年 9 月，由国家旅游局计划司具体组织，北京市旅游局牵头，吸收中科院和北师大专家学者、长城八达岭特区办事处等有关方面的技术力量，展开了该标准制定工作。

在标准起草的三年多时间里，国家旅游局会同北京市旅游局，组织专家，先后赴北京、云南、四川等地进行了广泛的调研工作，多次召开座谈研讨会，对草案进行反复修改，并广泛征求了各省、自治区、直辖市旅游局和建设、林业、卫生、环保、文物、工商等相关部门的意见。国家旅游局三次召开局长办公会议，讨论和研究标准制定中遇到的重大问题，使这个标准逐渐成熟。1999 年 4 月 16 日，国家旅游局在京召开全国旅游标准化技术委员会扩大会议，对标准进行了技术审查；在通过审查后，又根据专家们所提意见做了进一步修改完善，然后正式上报国家质量技术监督局审批。1999 年 6 月 14 日，国家质量技术监督局正式批准发布了《旅游区（点）质量等级的划分与评定》国家标准。

实施《旅游区（点）质量等级的划分与评定》国家标准具有多方面的积极意义：

第一，对于旅游区（点）来说，这是一个提高规划、建设、管理和服务水平，促进环境和资源保护，争取更好的经济效益、社会效益和环境效益的航标。各种旅游区（点），不管其隶属部门、主管单位或业主是谁，现在都处在发展社会主义市场经济的宏观条件中，都有谋求更好的经济效益和更大的社会影响的愿望；同时，都要保护好生态、环境及赖以生存发展的资源，实现可持续发展。《旅游区（点）质量等级的划分与评定》国家标准的出台，正是顺应了这种潮流，为旅游区（点）全面提高综合素质和效益提供了航标。在"旅游区（点）等级划分条件"中，对旅游交通、游览、旅游安全、卫生、通讯、购物、综合管理、资源与环境保护以及年接待旅游者人数等都按不同等级做了不同规定；在配套制定的"服务质量与环境质量评分细则"和"景观质量评分细则"中，又参照了验收"中国优秀旅游城市"的具体操作经验，提出了公开、透明的评分标准。多达 200 多项的具体指标，既为旅游区（点）评定工作提供了科学依据，更为旅游区（点）如何适应现代旅游需求、追踪时代潮流、在激烈竞争中谋求更大发展指明了方向。按照这个标准，创建国家等级景区（点），并努力向高等级景区（点）迈进，是促进各类旅游景区（点）自身发展的需要，其重大的现实意义和深远的历史意义是显而易见的。

第二，对于旅游者来说，这是一个引导其旅游行为，保障其合法权益的座标。旅游消费是推动旅游产业发展的原动力。保护海内外旅游者权益，让其游览活动"游有所值"、"质价相符"，从而刺激旅游消费的进一步发展，是旅游行业管理工作的一项重要任务。但长期以来，我国的旅游区（点）没有进行过质量等级评定，使各旅游区（点）在交通、游览、安全、卫生、通讯、购物、综合管理及服务方面的水平无法做定量分析和客观衡量，致使一些旅游者与旅游景（区）点经营者之间，经常产生一些谁也说不清、道不明的纠纷；在旅游者因此而投诉时，旅游行政管理部门也难以进行公正的评判。《旅游区（点）质量等级的划分与评定》国家标准的出台和贯彻实施，有效地解决了这个长期存在的老大难问题。比如景区（点）内的"通讯设施"，对4A级景区（点），要求其"通讯设施布局合理，出入口及游人集中场所有公用电话，标识规范、醒目，具备国际、国内直拨功能"；对3A级景区（点），要求其"通讯设施布局合理，出入口及游人集中场所设有公用电话，具备国际、国内直拨功能"，未提"标识规范、醒目"；对2A级景区（点），则要求其公用电话具备国内直拨功能；对1A级景区（点），则仅要求其在"出入口或游人集中场所设有公用电话"。这样规定后，如果一个旅游者在公园门口想打一个国际直拨电话而没有打成，若发生在4A、3A级景区（点），就是不允许的，游客如果投诉就要对景区（点）做出处理；若发生在2A、1A景区（点），则旅游者就应该理解，因为《旅游区（点）质量等级的划分与评定》国家标准没有对这样的景区提出这样的要求。依此类推，大家就可以得出一个很清楚的概念，就是旅游区（点）等级越高，所赋存的旅游资源品位就应该越高，所要求的硬件、软件水平也应该越高，海内外旅游者会因为景区（点）等级高而慕名前来游览，同时也会以这个等级应该达到的水准来要求和评判旅游区（点）的硬件和软件水平，名不符实者将会受到投诉。所以，《旅游区（点）质量等级的划分与评定》国家标准的出台，就为旅游者提供了一个引导其旅游行为、保障其合法权益的坐标，也为旅游质监部门处理有关投诉，提供了一个客观公正的标准。

第三，对于旅游行业管理部门来说，这是一个落实国务院赋予的职能、全面抓好旅游行业管理工作、进一步夯实我国旅游业发展基础的重要抓手。按照国务院批准的"三定"方案，国家旅游局负有"拟定各类旅游景区景点、度假区、旅行社、旅游车船和特种旅游项目的设施标准和服务标准并组织实施"的职责。《旅游区（点）质量等级的划分与评定》国家标准，正是按照国务院"三定方案"的要求制定的；制定和组织实施这个标准，是国务院赋予国家旅游局的工作任务和光荣职责。由于旅游区（点）这一领域的隶属关系比较复杂，旅游行业管理介入较晚，所以，有一些部门就产生错觉，以为这一领域不是旅游行业管理的领域。这就不对了。旅游景区（点）作为海内外旅游者进行旅游活动的主要动机和旅游生产力中的一个主要要素，如果旅游部门不能管理，甚至不能插手，那怎么可能有效地发展我国旅游生产力？怎么可能促进我国国际、国内旅游业的更大发展？所以，标准的制定和组织实施，是国务院赋予国家旅游局的职责；是各级旅游管理部门在国家旅游局统一组织下，全面行使这方面职能、全面抓好行业管理工作、进一步夯实我国旅游业发展基础的必须。国务院既然赋予了我们这个职责和工作手段，我们就要认真履行好，推动我国旅游业的更大发展。

第四，对于我国旅游业发展来说，这是一个站在迎接新世纪的高度，在旅游景区（点）建设、管理和服务上努力追赶世界先进水平、争取实现建设"世界旅游强国"目标的一个重大举措。我国旅游业已经实现了从"旅游资源大国"到"亚洲旅游大国"的跨越，正在为实现从"亚洲旅游大国"向"世界旅游强国"的新跨越而奋斗。在实现这第二步大跨越中，我国旅游经济的各个环节、各个细胞都要进一步优化升级，不断缩小与世界旅游强国的差距。而当前差距最大的一个环节和差距最大的一群细胞，还是在旅游区（点）这一领域。如果我们的每一个旅游景区（点），都能做到欧洲乃至日本、韩国、新加坡的旅游区（点）那样干净卫生、那样方便周到，那么，我们很多旅游区（点）的吸引力就会更加超过他们，因为我们的旅游资源赋存状况要比他们好得多。标准的出台和贯彻实施，正是站在迎接新世纪和建设"世界旅游强国"的高度上，力求用科学的规范和刚性的手段，尽快克服我国旅游区（点）建设、管理和服务上的薄弱环节，以便更好地扬己之长，进一步提高在世界上的竞争力和创汇创收能力，为我国旅游业实现到2020年建成"世界旅游强国"的目标做出更大的贡献。

二、标准实施的准备工作及进展情况

《旅游区（点）质量等级的划分与评定》国家标准正式发布以后，为了做好有关实施工作，国家旅游局做了大量工作。一是先后制定下发了《关于切实做好旅游区（点）质量等级评定工作的通知》（旅计财发〔1999〕164号），制定了《旅游区（点）质量等级评定办法》，明确了旅游区（点）质量等级评定的权限；二是成立了以何光暐局长为主任的国家旅游局旅游区（点）质量等级评定委员会及由局计财司具体负责的办公室；三是复函北京市、海南省和云南省人民政府，同意他们开展试点评定工作的要求；四是组织有关专家，研究制定了《旅游区（点）服务质量与环境质量评分细则》、《景观质量评分细则》、《游客意见评分细则》等三项具体工作细则，并在全国范围内组织了征求意见和试评工作。经过一年时间的积极筹备和探索，国家旅游局于2005年7月21日~22日，在成都召开了"全国旅游区（点）质量等级评定标准宣贯会议暨第一期检查员培训班"，对全国如何开展旅游区（点）质量等级评定工作做了具体部署，从组织上、政策上和技术保障上为全面开展旅游区（点）质量等级评定工作打下了基础。今年8月，国家旅游局又发出了《关于全面开展旅游区（点）质量等级评定工作的通知》，决定在全国范围内展开这项工作，在年内产生首批具有示范效应的旅游区（点）。

应该说，在国家旅游局一年来下大工夫推进这个标准实施的过程中，遇到的挑战也是不少的。主要挑战就是，个别部门认为这个标准的出台和实施，"侵犯"了他们的"职责范围"，因而加以干扰。制定旅游区（点）的设施标准和服务标准并组织实施，是国务院批准的国家旅游局"三定"方案中的职责。我们履行这个职责，怎么是"侵犯"你的"职责范围"呢？鉴于此，我们反复向有关部门说明了有关情况，并理直气壮地继续抓紧做好有关工作。2005年7月下旬在成都召开的标准宣贯会议暨第一期检查员培训班，可以说是第一个突破。一些地方和部门了解了有关情况后，转变了态度，支持我们抓好这项工作。8月份以来，许多省（区、市）旅游局在当地政府的强有力支持下，大力推进旅游区（点）的等级评定工作，一扫标准出台后一度弥漫的沉闷空气，壮大了声势，提高了声誉，结出了丰硕的工作成果。

　　一是组织措施落到实处。成都会议后，大多数省（区、市）旅游局都成立了旅游区（点）质量等级评定机构。为了加强对等级评定工作的组织和领导力度，江苏省旅游局还拟出了《关于开展江苏省旅游区（点）质量等级评定的意见》，经江苏省人民政府批准同意后，于 2005 年 9 月 19 日以省政府办公厅的名义，转发给全省各市、县人民政府，各委、办、厅、局和省各直属机构，有力地推动了旅游区（点）等级评定工作在全省各地的全面开展。

　　二是宣贯、培训工作抓得很紧。各地把做好标准宣贯和检查员培训工作，看作是做好旅游区（点）等级评定工作的重要基础工作，纷纷召开旅游区（点）质量等级评定工作会议，对本省（区、市）如何具体做好这项工作进行全面部署，对各地（市、州、县）旅游局主管人员进行专业培训，取得了良好效果。截至 2005 年 10 月底，已有新疆、山东、陕西、四川、云南、广东、辽宁、黑龙江、河南、安徽、江西等近 20 个省（区、市）召开了这样的会议。经过培训和考试，全国已产生了近 1000 名地方级质量等级检查员。在各地开展宣贯和培训工作中，国家旅游局旅游区（点）质量等级评定委员会办公室也应邀派员到有关地方，对标准及其细则进行了讲解，形成了上下同心、共抓标准实施的良好氛围。

　　三是评定工作全面展开。全国已有天津、河北、山西、辽宁、吉林、黑龙江、上海、江苏、安徽、浙江、福建、山东、河南、湖北、湖南、广西、重庆、云南、贵州、陕西、宁夏、甘肃、青海、新疆等 20 多个省（区、市）全面开展了旅游区（点）等级评定工作。山西省旅游局于 2005 年 8 月 16 日发出了《关于开展第一批旅游区（点）质量等级评定工作的通知》，采取了选点、试点与正式评定相结合的办法。云南省旅游局于 2005 年 8 月 31 日发出了《关于在全省范围内迅速开展旅游区（点）质量等级评定工作的方案》，对等级评定工作的计划、目标、近期评定工作实施步骤做出了周密安排，并由省旅游局一位副局长亲自带队率领局计划处和民族村、世博园和石林的专家，连续作战十几天，行程几千公里，对全省拟申请 3A、4A 级景区

（点）的十几个单位进行了评定。这些工作中最值得称赞的是他们不循私情，严格把好初评关，对所评定的景区在肯定成绩的基础上，不留情面地提出整改意见，使各旅游区（点）进一步提高了参评和整改的积极性，从而把旅游系统在这方面业已形成的共识扩大成为各旅游区（点）的共识。到这次开会时为止，经各省（区、市）旅游局组织初评并推荐评定的3A、4A级景区已有200个左右，这是成都会议以后，全行业在标准实施方面取得的又一重大成果。

旅游区（点）质量等级评定工作从一开始的"风雨满天"到目前的"阳光灿烂"，说明了各级旅游部门抓这项工作，认识是统一的，决心是坚强的，措施是得力的，实践效果是良好的；也说明行业管理每一个新举措的提出，只要是代表先进生产力的要求、代表先进文化的前进方向、代表人民群众的根本利益的，就能得到领导部门和基层单位的支持，就能受到广大群众的欢迎，就能冲破一切阻力，实现既定目标。旅游区（点）质量等级评定工作在近期所取得的突破性进展，也使我们有必要对以前所制定的评定计划做些调整。我们原来设想，到今年年底，能在各个等级的层面上评出几个具有示范效应的旅游区（点）就不错了。出乎意料的是，这几个月来，大多数省（区、市）的评定工作都在大张旗鼓地展开，申报3A、4A级景区（点）、要求国家旅游局组织评定的，不是几个景点，也不是几十个景点，而是200个景点。如果我们不能趁热打铁，及时组织对这些景点进行评定，已经出现的良好工作局面就难以巩固和发展。正是出于这样的考虑，经国家旅游局党组认真研究，何光暐局长亲自拍板，决定抓紧今后半个月左右时间，发起今年行业管理工作的"第五战役"，把全行业在开展旅游区（点）等级评定方面的成果收获到手，进一步巩固和发展这方面来之不易的工作局面。

三、"第五战役"的要求及需要把握好的要领

"第五战役"即将打响，十几个评定组正在组织，国家旅游局旅游（区）点质量等级评定委员会办公室正在根据各地提出的需要评定的景区

（点）的总量情况，拟定作战方案，确定各验收组的战斗任务。为了切实打好这一战役，国家旅游局要求各个评定组配备好检查评定力量，严格按照《旅游区（点）质量等级的划分与评定》国家标准、《服务质量与环境质量评分细则》、《景观质量评分细则》、《游客意见评分细则》以及国家旅游局1999年9月30日颁发的《旅游区（点）质量等级评定办法》及《评定程序》，公正、公平、公开地搞好现场评定工作；要求各评定组在现场评定工作中，保持良好的精神状态，发扬团结战斗和连续作战的工作作风，树立清正廉洁的形象，高效、高质并按时完成评定任务。

为了打好"第五战役"，需要把握好以下工作要领：

第一，参加评定工作的所有人员，一定要认真参加培训，全面掌握《旅游区（点）质量等级的划分和评定》国家标准、《评分细则》和工作程序，这是打好"第五战役"的最重要的基础。回想两年以前我们组织开展对第一批"中国优秀旅游城市"验收时，准备工作要比这一次充分得多，而且采用的办法先搞验收试点，不断培训和壮大验收队伍，每支验收队伍都实行"以老带新"的编制，使每一个验收组的工作都能令人放心。这次组织对各地申报的3A、4A级景区的评定，由于准备时间短，总体战役时间短，每个评定组又都是第一次上阵独立作战，到底能工作得怎样，我们心里不太有底。而要将这种"担心"变为"放心"，就必须以切实办好这次培训来加以保证。发给大家学习的《旅游区（点）质量等级申请评定报告》中，已附录了《标准》和各种有关文件，希望参加本期培训班的同志，一定要把所有内容学懂吃透，融会贯通，全面熟练地掌握开展评定工作的本领；在11月16日安排到八达岭长城进行现场参观讲解活动时，更要用心学习，用心思考，掌握实战本领。

第二，各评定小组组长一定要在评定业务技能上成为行家里手，并紧密团结本小组全体同志，成为挂帅打仗的合格的指挥员。"政治路线确定之后，干部就是决定的因素"。"第五战役"能否打好，关键在于各评定小组的组长是否能当好合格的指挥员。各评定小组的组长有的是司级干部，有的是处级干部；有的对旅游景区（点）接触得多些，有的则接触不多。以前接触多一些的同志不要骄傲，因为正式开展对旅游区（点）质量等级评定工作无老本可吃，必须认真从头学起；以前接触少一些的同志也不要气馁，组织验收"中国优秀旅游城市"的实践告诉我们，一些多年未在业务部门干过工作的同志，通过认真学习，刻苦钻研，很快成为验收工作的行家里手。所以，各评定小组组长的水平如何，能否成为合格的指挥员，关键在于能不能认真参加这次培训，熟练掌握评定工作的业务技能；能不能把本小组的同志紧密团结起来，成为能打硬仗的战斗集体；能不能在精神状态、思想作风、工作作风上当好表率，赢得全组同志和评定单位的信任和好评。我相信，只要各评定小组组长能认识到自己肩负的重任，认识到自己代表的国家旅游局的形象，从而在各方面严格要求自己，身先士卒，做好工作，"第五战役"就一定能够打好。

第三，评定工作一定要严格按照国家旅游局制定的《旅游区（点）质量等级评定程序》办事。国家旅游局对如何组成评定小组、如何拟定评定计划、如何召开首次会议、如何进行现场评定、如何进行评分、如何召开末次会议等等细节问题，都做了具体而又明确的规定，请各评定小组严格按此执行，不得自行其事，不得偷工减料。"中国优秀旅游城市"创建和验收工作之所以能得到各有关方面的积极支持和高度配合，产生良好的效果和社会影响，不但因为这项工作是和城市长期发展的利益相一致的，而且因为我们制定的验收办法公平公正、评分细则科学合理、验收程序细致周密。对3A、4A级景区的评定，实际上也是"验收"。"验收"工作的过程及其社会效果是否能与验收"中国优秀旅游城市"的工作相媲美，一个重要方面，也在于各评定小组能否严格执行评定办法、评分细则和评定程序。每个评定小组内部，要做好分工，资料审核、现场检查、抽样调查都要有专人负责，特别是现场检查，更要当作重中之重抓好。希望各评定小组按照这些要求，精心制定工作计划，搞好前后评定点的衔接，在有限的时间内有序、高效、保质、保量地完成好所分配给的工作任务。

第四，评定工作一定要做好与地方旅游局的协调配合。全国旅游工作能不能搞上去，基础在地方；打好"第五战役"，用半个月左右时间完成对各地上报的3A、4A级景区（点）评定，任务十分艰巨，更需要得到地方旅游局的支持配合。这种支持配合，要体现在以下几个方面：一是要在人力上得到支持。要在参加这次培训班的地方同志中间，抽调十几位同志，充实到国家旅游局组织的各评定小组中，争取每个小组都充实一名，并实行不在本省（区、市）内参加评定的制度。希望被选中的同志及其所在旅游局，要大力支持国家旅游局的工作；也希望这些同志，能在评定工作中发挥才干，当好骨干。二是要在工作配合上得到支持。评定小组下去前，要通知有关省（区、市）旅游局认真做好准备，搞好协调配合，安排好行程。三是评定小组在向评定方通报评定结果前，也要用适当的方式，征求所在地旅游局的意见，但最终要以评定小组的一致意见为准。

第五，评定工作要坚持高标准、严要求，特别是对4A级景区这个顶级旅游区（点），一定要保证质量，不能滥竽充数。4A级景区就像饭店行业的五星级饭店一样，需要具备各个方面的高素质。鉴于此，标准已对其在旅游交通、游览、旅游安全、卫生、通讯、购物、综合管理、年接待海内外旅游人数、旅游资源与环境保护、旅游资源品位等十个方面应该具备的条件做了严格规定。但看了各省（区、市）申报的材料后，感到有些省（区、市）明显把关不严。比如，有些景区（点），可能在资源品位具备了4A级景区的潜质，但目前基础设施配套程度很差，接待游客量很少，如果把这批将来可能被评为4A的景区现在就评为4A级，将在海内外旅游市场上形成对我们这个标准的怀疑，从而损坏标准的信誉和我们国家的声誉。各评定小组一定要在这方面统一认识，切实把好"入口关"，使第一批被评定上的4A级景区，都能经受住海内外旅游者的检验，经受住历史的检验。对3A级景区的评定也应如此。对暂时达不到标准的景区，要明确向其说明理由，指出前进方向，使之心服口服。有些同志担心，这样做是不是会挫伤基层的积极性。我认为，这种担心大可不必。如果是因为我们评定不公而挫伤了他们的积极性，这种情况是必须避免的；如果是因为景区（点）确实没有达到标准，我们没有迎合他们的想法去"拔苗助长"，则"挫伤"了一点"积极性"也没有什么关系。因为这种"积极性"，不是实事求是的积极性，不是能代表景区发展根本利益的积极性，挫伤了一点，倒可以让他们更冷静一点，奋发一些。我相信，绝大多数景区（点）的同志，觉悟和水平都是很高的。只要各评定小组能实事求是地指出问题，提出看法，真心诚意地促进他们搞好整改，他们一定是会欢迎的。云南省在前一段对3A、4A级景区初评时，严格执行标准，降低了几个想报4A级的景区等级，对像"昆明世博园"这样高水平的景区，也提出了很多条整改意见。其结果，不但没有挫伤有关景区的积极性，还使各景区（点）对开展等级评定工作更加重视，更加服气，更加钦佩，这就是一个很有说服力的例子。希望各省（区、市）旅游局都能像云南省旅游局那样，严格把好关口，不要当不负责任的"老好人"；希望各评定小组也能像云南省旅游局那样，执行标准不走样，提出意见不含糊，坚持原则不徇情，在评定工作中评出水平，评出威信。

第六，局评定委员会办公室要发挥好参谋部的作用，精心调配好各评定小组的力量，分配好各评定小组的评定任务，并随时掌握各评定小组的工作动态。为了抓好旅游区（点）的质量等级评定工作，国家旅游局已在一年前成立了以何光暐局长为主任的旅游区（点）质量等级评定委员会，下设办公室在计财司，由魏小安司长负责。打好"第五战役"，这个办公室一定要发挥好"参谋部"的作用。首先，要精心调配好各评定小组的力量，使各小组都能很好地承担起在外线独立作战的任务。其次，要分配好各小组的评定任务，尽量做到任务相对均衡，路线比较科学，这样有利于各小组抓紧时间完成战斗任务。再次，要随时掌握各评定小组的工作动态。各小组每天的战场在哪里，已经完成了几个点的评定任务，有没有伤病，需不需要补充人员，办公室都要及时了解清楚。对于需要局领导出面解决的问题，更要及时请示报告，不要贻误战机。

我国旅游景区开发模式的创新思考

潘肖澎

　　旅游景区是构成旅游活动的基本要素之一，也是旅游业发展的基础。旅游景区开发的成败往往影响到区域旅游业发展的好坏，尤其在区域旅游客源市场的拓展过程中，依托旅游景区不断推出新的旅游产品，往往会成为提高旅游产品竞争力和吸引力的关键因素。

一、我国旅游景区的发展现状与趋势

　　随着我国旅游业的发展，作为旅游业四大支柱之一的旅游景区也得到了飞速的发展，从全国范围来看，大小不同的旅游景区数量在两万家左右，它们又可以分为四种类型：第一类是自然类旅游景区，以名山、大川、名湖和海洋为代表；第二类是人文类旅游景区，以人类在长期的历史演进过程中留下的遗迹、遗址为代表，如北京的故宫、颐和园、八达岭等；第三类是主题公园类旅游景区，是人类现代科学技术和劳动的结晶，如深圳华侨城下的几个主题公园；第四类是社会类的旅游景区点，它有别于传统的旅游景区（点），是传统旅游景区（点）概念的发展和延伸，如工业旅游、观光农业旅游、科教旅游、军事旅游景区等。虽然我国旅游景区数量很大，而且每年增长的速度也很快，但是缺少精品，在品牌竞争的时代，缺少精品对于提高我国旅游景区和旅游产品的竞争力非常不利。近年来，我国在旅游景区精品建设方面已有很大的进步，也形成了一批在世界范围内有一定影响力的精品旅游景区，如九寨沟、峨眉山等，但精品旅游景区在数量上和所占有的比例上都还不足。从我国旅游景区的体制结构来看，主要以公有制为主。根据相关初步调查，在我国旅游景区中，公有制的旅游景区的比例在 80% 以上，远远高于旅游饭店和旅行社的公有制比例，从这一数字可以看出，目前我国旅游景区还承担着多样的功能，如保护、科研等，旅游休闲功能只不过是其中的一种而已；但同时也说明我国旅游景区在体制方面对于市场经济和旅游业的快速发展还有相当程度的不适应，因而也导致了旅游景区在开发和进一步发展过程中遇到种种问题。从旅游景区的经营效益来看，绝大部分景区的收入来源主要靠门票收入，特别是自然类和人文类的旅游景区，受限于多种因素，旅游景区的其他经营活动一直开展不起来，而景区的管理成本又很高，负担也很重，因此造成了大多数景区经营效益的不甚理想，或者说没有使旅游景区的价值最大化，造成了资源的限制与浪费等。

从我国旅游景区发展趋势来看，主要表现为以下三点：第一，旅游景区数量继续增加。这主要是由我国旅游业蓬勃发展的态势所决定的，旅游业的发展势头使社会认识到了它对经济发展的贡献，各级地方政府都加快了旅游业的发展速度，或将其作为支柱产业来培植，或将其作为先导产业来发展，因而各地大力进行旅游资源开发，形成了一批又一批的新旅游景区。第二，旅游景区质量持续提升。我国旅游景区在数量上的增长很快，在景区质量的提升上无论是观念和实际行动也得到了提高和加强，并成为今后旅游景区发展的重点内容之一，比如我国旅游景区的精品意识和品牌意识的加强，在此理念的指导下，今后我国旅游景区随着发展将会形成越来越多的旅游景区精品，大大提升景区质量，从而实现由量的增长向质的增长的转变。第三，旅游景区经营不断创新。创新是时代发展的要求，随着旅游业的发展和旅游市场竞争的日趋激烈，旅游景区也需要进行经营和管理创新，根据游客需求的变化，寻求自身与竞争对手的差异，即追求民族化、地方化和差异化，满足游客对差异的索求，形成自身的特色，逐步挖掘自身的文化内涵，整合多方面的资源，最终形成旅游景区的品牌，提高景区的竞争力和吸引力。

二、我国旅游景区开发过程中的几个问题

1. 体制是症结

体制问题是我国旅游景区在开发过程中面临的一大难题，它已经成为束缚我国旅游景区发展的最大障碍，而其中最令人关注的是旅游景区的所有权和经营权问题，从地方政府到中央机关，无不为我国旅游景区所有权与经营权的分离而大伤脑筋。在学术界，也为旅游景区所有权与经营权的分离是与否、如何操作等问题进行了大量讨论。在有些地方，由于受制于体制问题，旅游景区的进一步发展受到了限制，许多对旅游景区有开发兴趣和投资意向的投资商也因此而扼腕叹息。比如，旅游景区经营权外包曾一度成为被许多地方效仿的上佳模式，有些地方也因此而推进了景区的发展，可是由于我国的旅游景区隶属于多个部门，比如建设、国土资源、林业、文物等部门，旅游景区的经营权外包后，相关部门就会进行反对，甚至是强烈反击，致使开发商等深受其害，也使得旅游景区经营权外包成为敏感问题。的确，从这些部门本身的角度出发，他们的反击有理，但是为什么不能建立一种协调机制来解决这些问题，并以此来促进我国旅游景区的开发，进而推动我国旅游业的发展。

2. 资金是瓶颈

资金一度是我国旅游景区开发所面临的瓶颈，因为在旅游景区的开发过程中，前期投入和基础设施建设需要大量的资金，而我国旅游景区的开发资金来源主要为政府，政府对景区开发的投入又有限，因此我国许多景区的开发由此而放缓。对旅游景区自身来说，它们属于多家部门管理，背负的包袱也很重，如果自身经营效益还可以，那么政府部门就会对其增加一些负担；如果自身经营效益不佳的话，政府又把它们当成包袱，想甩都甩不及，何来对旅游景区的投入呢？因此对旅游景区自身来说，依靠自身的经营来实现滚

动发展实行起来难度很大，这就不难理解为什么一些经营效益较好的旅游景区经营管理者长叹"我们效益不佳时，别人当我们是瘟神，都怕粘上自己；我们效益好时，别人当我们是肥肉，谁都想吃一口"。随着市场经济的发展和金融体制的改革，社会上积累了大量的闲散资金，这些资金的持有者到处在寻找资金的投向，而旅游业迅猛的发展态势给了他们把资金投向旅游景区开发的信心，这给我国许多旅游景区的开发和发展带来了希望，但是相关制度又使实际操作变得困难重重。因此从根本上说，资金虽是我国旅游景区开发的瓶颈，但随着我国市场经济的深入，真正的问题还是在于体制。

3. 保护是争议

旅游景区的生态环境较为薄弱，旅游景区开发会对其生态环境造成一定影响，如果开发不当的话，则会对景区的生态环境造成重大破坏，特别是对于人文类的旅游景区来说，还会对文物等具有科研、考古价值的资源造成破坏，如几年前发生的"水洗三孔"事件、敦煌莫高窟壁画腐蚀事件等，许多学者和有关人士借此为名对旅游景区的开发进行抨击。在我国旅游景区开发过程中，有些地区确实存在如匆忙上马、盲目开发、近距离重复建设等问题，个别地方还重开发轻保护、重建设轻管理，致使出现如旺季游客数量失控、白色污染、文物古迹屡遭破坏等问题。这些问题，通过正确的引导和相应的控制应该可以解决，但不能把生态环境和文物的破坏完全归结于旅游的开发，相反在有的地区还存在旅游开发促进区域生态环境保护的例子，如西安秦始皇陵兵马俑博物馆等。旅游景区的开发与生态环境的保护存在密切的联系，开发不是放弃保护，保护也不能放弃开发。旅游景区是一种宝贵的资源，如果不对其进行开发的话，资源的价值就体现不出来，关键是看如何处理好旅游景区开发与保护的关系。旅游景区开发建设与生态环境保护是和谐统一的，以保护为基础、以服务为内容、以效益为目的的开发与建设，可以实现开发与保护的双赢和可持续发展的良性循环。因此，用科学的发展观开发建设景区，是解决争议的主要方法。

三、我国旅游景区开发模式的创新

1. 理念创新——突破传统景区开发思想

传统的旅游景区开发思想受到保护观念的束缚，使旅游景区的开发放不开，没有形成大规模、大动作和大项目。随着我国旅游产业规模的不断扩大，旅游景区的进一步开发将成为我国旅游产业发展的又一助推器，因此，在合理保护的前提下，实现旅游景区开发效益的最大化、持续化是旅游景区发展的一个重要任务。促进旅游景区效益最大化、持续化的措施很多，诸如整合观念、整合资源、整合产品、整合战略、整合先进项目、整合管理体制等。一个旅游景区经营效益的好坏，关键在于能否创意新品牌、深挖文化和形成特色。在开发理念上，应强化旅游景区的亮化、美化、洁化工程，使旅游景区开发有亮点、重点，并坚持自然和人文产品相融合，找准市场卖点、切入点。

2. 体制创新——所有权与经营权相分离

随着我国经济体制改革和转型的深入以及地方发展旅游经济竞争的需要，我国旅游景区的产权改革必将进一步展开，旅游景区的产权改革及经营权与所有权分离也将进一步深入。为保障我国旅游景区的快速、稳步发展，促进旅游产业规模的扩大，必须对我国旅游景区目前的体制进行大胆创新，实现旅游景区的企业化经营。而实现旅游景区的企业化经营，最关键的是旅游景区如何出让经营权的问题，目前出让经营权的方式很多，主要有租赁经营、委托经营以及买断、拍卖等，具体操作没有统一范本或标准，一般由各地自行界定，因此也不可避免地存在诸多问题，例如，因景区资源价值缺乏客观判断而导致在出让过程中被低估，以及由此伴生的寻租行为等不法现象；因监督机制不健全而出现的民营企业获得经营权后不进行合理开发，以及圈地现象等。在我国加入世界贸易组织的承诺中，到 2003 年，外商可以在我国投资景区，旅游景区可以对外资实行转让经营、出租经营、委托经营等新的模式。因此不管是从我国旅游景区发展的需要还是从面临的大环境出发，都有必要进行旅游景区管理体制的创新，切实做好旅游景区所有权与经营权分离的工作，制定相应的保障措施和监督制度，加强政府对旅游景区规划的监督和对行业部门监管的力度，使旅游景区经营权的出让确实能够促进旅游景区的发展，并在一定程度上制止旅游景区的经营行为对生态环境和资源造成的破坏。一方面，国家可以出台相应的政策法规对企业进入旅游景区开发进行规范，采用公开招标等公平竞争性手段吸纳民营企业进行旅游景区开发，防止不法、违规行为；另一方面，国家可以对旅游景区开发行为予以规范，对破坏景区资源的行为和做法给予严惩。国家职能部门将代表国家利益行使其管理职能，监管景区的发展、监督经营旅游景区企业的行为，确保国有资源得到有效保护，强化行政监管，建立起政府对经营者的约束和监管机制。

3. 运作创新——加强政府与企业的合作

近年来，我国一些旅游景区和旅游企业也进行了旅游景区开发的新尝试，比如四川省的民营企业投资旅游景区开发的碧峰峡模式、国有企业投资旅游景区开发的海螺沟模式和沿海股份制企业投资旅游景区开发的熊猫基地三种模式，以及被业界誉为中国旅游管理最现代化的旅游企业华侨城的"曲阜模式"等等，其中有成功的例子，也有失败的例子。但不管怎样，这表明了我国旅游景区和有关企业也在进行旅游景区开发新模式的探索，出现了如合资、独资、股份制合作、租赁、承包和出让开发权等旅游景区开发的新方式。对于我国旅游景区来说，地方政府享有旅游景区的资源所有权，又有政策方面的协调权，政府可将拥有的资源折成股份与某一旅游企业联合组成一家新公司来对一个旅游景区进行开发，这种开发形式加强了政府与企业的合作，政府出资源，又可以发挥企业拥有资金的优势，解决旅游景区开发的瓶颈，促进旅游景区的开发。在具体的操作实践上，可以由一家实力雄厚的大公司入主旅游景区进行整体综合开发及经营，公司独立享有旅游景区若干年的经营权，公司负责旅游景区的全部开发、建设、宣传及保护的投入，政府负责审核开发建设规划，监督规划的落实以及行使其他监督管理权。这种模式的优点是开发资金雄厚，开发速度快，政府投入少，负担轻，能够真正实现政企分开，但要求政府要有高水平的宏观管理能力，特别是督促企业在落实规划、保护资源和生态、拉动当地就业等方面做到位。这种模式适合于一些尚未开发或初步开发的旅游资源富集景区，具有较大的后发优势，资源产权关系清晰，容易操作。另外一种模式是政府为主要出资人，成立规范的开发经营公司，适当吸收部分民间资本，以股份公司的形式对旅游景区进行开发管理。由于政府是最大的股东，因此这种模式的优点是可以充分体现政府在旅游景区开发方面的意志，也容易照顾到社会各方面的利益，赢得部门和社会力量的支持，开发过程中出现的一些问题也容易协调解决，旅游景区的宣传也容易借助政府的各种渠道形成整体复合效应。

我国旅游景区集团化发展战略研究

马　勇

　　旅游业作为充满生机活力的新兴产业，近年来在我国呈现出蓬勃发展的态势，已成为国民经济体系中的重要产业。而旅游景区作为旅游业的核心要素、旅游吸引力的根本来源和旅游消费的直接刺激因素，现阶段却是我国旅游产业发展中的一个薄弱环节，景区经营发展中专业化水平低，市场适应性差，可持续发展后劲不足等现象日益突出。中国旅游需求的快速增长，特别是假日旅游发展的强劲势头对旅游景区的发展提出了更高要求，同时，企业大型化、集团化发展已成为整个旅游产业在大气候下结构重组的战略趋势之一，因此对我国旅游景区发展的重新定位以及对其发展战略模式的选择日益

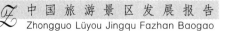

成为业内和社会关注的热点之一。

一、我国旅游景区的发展现状及主要问题

1. 我国旅游景区发展的现状

纵向来看，近 10 年来，随着我国旅游业的发展，作为旅游业四大支柱之一的旅游景区也得到了明显的发展和提高。

从发展数量看，据不完全统计，全国县级以上的旅游景区已经达到了 15000～20000 家左右，超过旅游饭店和旅行社的总量，占据了旅游行业的半壁江山。

从发展质量看，2001 年起国家旅游局开展了 A 级旅游景区评定工作，截至 2004 年年底，全国已有 A 级景区 1401 家，其中 4A 级景区 486 家，3A 级景区 173 家，2A 级景区 648 家，1A 级景区 94 家。同时，我国在旅游景区精品建设方面已有很大的进步，形成了一批在世界范围内有一定影响力的精品旅游景区，如黄山、故宫等，但在数量上和占旅游景区总量的百分比上都还不足。在品牌竞争的时代，缺少精品对于提高我国旅游景区和旅游产品的竞争力是一大制约因素。

从我国旅游景区的体制结构看，主要以公有制为主。根据国家旅游局的相关调查，在我国旅游景区中，公有制的旅游景区的比例在 80% 以上。可以看出，目前我国旅游景区还承担着多样的功能，旅游休闲功能只不过是其中的一种而已；但同时也说明我国旅游景区在体制方面对于市场经济和旅游业的快速发展还有相当程度的不适应，因而也导致了旅游景区在开发和进一步发展过程中将遇到种种问题。

从收入情况看，仅 2004 年"十一"黄金周期间，纳入全国假日旅游统计预报体系的 99 个旅游景区共接待游客 1307 万人次，门票收入 4.45 亿元，可以说旅游景区是我国旅游业创收的重要基地。

2. 我国旅游景区发展中现存的主要问题

（1）体量规模偏小。虽然经过前期的发展，我国旅游景区在数量规模上实现了快速的扩张，但是仍属于一种粗放型的发展方式，整体上"散、小、弱、差"的问题并没有得到根本性的转变。规模的局限有两方面的突出表现：一是旅游景区的经营体量偏小，缺乏像美国黄石国家公园那样的大容量的旅游品牌景区，景区内活动项目少，排队现象突出，难以在规模上给人带来震撼性的冲击和充分的活动空间。各景区、景点之间点不成线，有些旅游地游客花费在景区间的交通时间为60分钟，而在景区内的游玩时间甚至不足30分钟。二是景区企业的经济规模偏小，整体实力弱，驾驭市场和抵御市场风险的能力较差，在处理景区保护与合理深度开发的矛盾上缺乏实际的可操作性。

（2）管理体制不顺。管理体制问题是束缚我国旅游景区发展的最根本性障碍，我国现有的旅游景区绝大多数都是国有体制，各个景区的隶属关系复杂，一个整体旅游景区内的景点可能隶属于多家企、事业单位，诸如旅游局、水利局、林业局、园林局等，缺乏整体的战略发展指导。景区内固定员工多、运行成本高、机制不活，景区发展的负担沉重。同时各景区经营管理各自为政的现象也较为突出，在开发中也大都只注重自身的个体发展而忽略各景区间的联动与协作发展，不仅致使区域旅游业整体发展所需的资源共享和客源共享难以实现，给资源的有效整合增加了难度，而且导致了现有景区被人为地分割，发展规模普遍受到限制，难以做大做强，使竞争实力得到快速提升。

（3）资金存在瓶颈。开发和保护资金的不足是我国旅游景区深度发展中面临的制约"瓶颈"，在旅游景区的开发过程中，前期投入和基础设施建设需要大量的资金，而我国旅游景区的开发资金来源主要为政府，政府对景区开发的投入又有限，因此我国许多景区的开发由此而放缓。不少著名的景区也曾经由于资金缺乏而陷入进退维谷的境地。湖南湘西凤凰古城是文学大师沈从文的故乡，也是一个以苗族、土家族为主的少数民族聚集地，风情浓郁，尤其是古民居遗存完整而独具特色，却由于长期的资金短缺问题，使良好的资源无力开发，2001年前一直是旅游的冷点。世界自然遗产九寨沟，建国50多年来国家的总投入资金仅为1000万元左右，根本无法满足保护的资金需要，也就更谈不上合理开发和有力的宣传促销了，致使九寨沟长时间锁在深山无人识。另据报载，全国国家级151个重点风景名胜区每年的财政投入保护经费仅为1000万元，平均每处只有6万元左右，与实际需要之间存在着巨大的差距。

（4）经营形式单一。我国现有旅游景区经营形式的单一化，一方面表现为旅游活动项目的单一，不少景区内景点内容单调、品位低、综合功能差，大多数产品停留在静态观赏的层面，游客的参与性与互动性不够，直接影响了景区的市场吸引力；另一方面表现为收入结构的单一，很多景区把旅游收入模式概括为"一票、二道、三餐、四购"的"四入"模型，即注重门票、索道、景区内部餐饮、购物亭的安排与收入，而其中景区门票的收入占据了绝大部分比例甚至是不少景区唯一的收入来源，收入结构的单一很大程度上限制了景区效益的实现。

需要注意的是，上述问题在实际中又往往是相互作用的，如资金的瓶颈可能是由管理体制的不顺以及经营形式的单一造成的，而这又进一步使得景区的深度开发和规模扩展受到限制等。

二、我国旅游景区集团化发展的战略功能

针对上述我国旅游景区发展的现状及问题，集团化发展将是我国旅游景区现阶段合理的战略发展方向，其将主要发挥以下战略功能：

1. 建立共享机制，发挥协同效应

在旅游景区集团化经营过程中，可以获得明显的经济协同效应。一般来说，每个企业在拥有发展优势的同时都不可避免地也存在着劣势，而在生产

专业化、社会化程度越来越高的情况下，众多旅游景区通过与其他企业组建集团，可以实现用一个企业的优势产生的正效应，补偿另一个企业的劣势产生的负效应，形成优势互补，资源共享，产生"1＋1＞2"的协同效应。例如组建集团后的旅游景区可以同其他成员企业在融资关系、人才培养、研发技术、市场营销等多方面建立紧密关系或协调行动，从而使资金、技术、人员等生产要素的作用得到充分发挥。同时，集团化发展还可以使原有的外部交易内部化，从而有效地减少交易成本，取得专业化协作的综合经济效益。

2. 改善管理体制，推进市场运作

一方面，我国现有的旅游景区通过集团化发展可以打破原有的行政壁垒，实现跨部门、跨地区甚至是跨行业的资本联合，各景区实体能在自愿互利的基础上调节资产的使用，组织专业化协作，并且组建的企业集团能够在整体的宏观层面上更好地制定和实施其发展规划，有效地避免内部不良竞争。另一方面，集团化发展能够促进我国景区发展中市场运行机制的引入，实现旅游景区所有权与经营权的分离，使我国景区的管理由行政事业性管理转向企业化经营管理，使知名旅游景区与知名企业的品牌产生共振效应。我国景区可以采取招标的形式出让经营权，采取转让经营、出租经营、委托经营等多种灵活的模式，同时对于中标的企业进行相应的资格考核，如专业资格、资金能力、信用等级、经营绩效等，以最大程度地降低经营风险，有效避免轻资源保护，重经济效益的弊端。1997年湖南省以租赁经营的方式将张家界宝峰湖景区的经营权转让给马来西亚某公司后，该企业集团当年就投入1800万元更新设施，使景区的面貌发生了很大的变化。以往宝峰湖中使用的造成湖水污染的汽油、柴油游艇都更换成气瓶船，湖水得到了净化。

3. 提升顾客价值，培养竞争能力

旅游景区的产品不同于其他消费品，具有空间上不可转移性的特点，因此旅游者在购买前可获得的信息相对于其他商品要少得多，因此他们要承担的风险也相对较大。而集团化经营可以借助集团整体的品牌和市场信誉优势，增强旅游者购买前的信心，提高交易的成功率。同时，旅游景区集团化发展后内部资源配置的优化也将极大地提升旅游者的顾客价值，例如桂林的旅游景区在组建桂林旅游集团后，以大而全、优而全的整体功能占领市场，并于各景区间开通了免费旅游车，不仅为前来观光的消费者尤其是散客旅游者带来了极大的便利，也强化了原有景区对市场的吸引，增强了其竞争能力。

4. 拓宽资金渠道，实现规模经济

旅游企业集团资金雄厚，信用状况良好，在贷款、融资等方面具有明显的优势。另外，旅游企业集团大都没有内部结算中心，调剂成员企业的资金欠缺，充分发挥了集团内部融通资金的功能。因而也使得旅游企业集团能够进行战略性投资，推动旅游景区向大规模、深层次、高品位的方向发展。湖南湘西凤凰古城于 2001 年年底转让经营权后，组建的旅游企业集团投入 1.5 亿元资金用于支付经营权转让、资源整合与旅游产品线路促销。2002 年，凤凰古城的门票收入由 2001 年的 157 万增至 1400 万，增长了 8.5 倍，并且给当地新增了 6500 个就业机会。又例如，2002 年 9 月首旅集团旗下的首都旅游股份公司与海南南山旅游发展有限公司结成战略联盟，首旅股份战略加盟南山后，斥巨资投入三亚，陆续出资 10 亿元人民币开发建设大南山，确保南山海上观音像、大小洞天景区、海上旅游通道等项目的开发建设目标顺利实现，为该景区的持续深入发展提供了重要保障。

三、我国旅游景区集团化发展的战略模式及路径选择

1. 我国旅游景区集团化发展的战略模式

从以上的分析中可以看出，我国旅游景区企业的整体竞争力相对较弱，本身难以具有进行多元化发展的资金以及拓展经营领域、项目的实力，因此

在进行集团化发展战略选择时更适用于一体化的发展战略模式，具体而言又可分为横向一体化模式和纵向一体化模式。

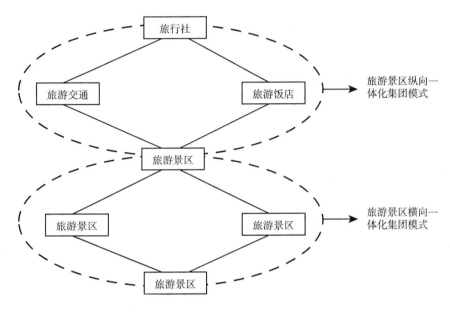

我国旅游景区集团发展的战略模式

（1）横向一体化模式。横向一体化发展，是指把性质相同、生产或提供同类产品的企业联合起来，组成联合体，以促进企业实现更高程度的规模经济和迅速发展的一种集团模式。对于我国旅游景区而言，就是通过某个地区内的多个景区实现跨所有制、跨部门的横向联合组建集团，这对于壮大景区企业实力，扩大景区经营规模，实现规模经济效益大有益处。选择横向一体化发展模式的优势在于：能吞并或减少竞争对手，将一定区域内景区间的单纯竞争转化为合作与共同发展；能够提升区域的整体竞争力，更好地参与市场竞争；能够促进同类企业间市场及资源的互动共享等。而该模式的主要缺陷则在于组建的集团要承担在更大规模上从事某种经营业务的风险，以及由于规模过于庞大、组织机构臃肿而导致的低效率等后果。

（2）纵向一体化模式。纵向一体化发展，是指旅游景区与旅游产业价值链上的其他环节企业如旅行社、饭店、旅游交通企业等联合组建集团的模式。该模式的优势在于实现了外部交易的内部化，在节约成本的同时推进了集团成员间的经营协同。纵向一体化的集团发展模式在我国旅游景区中已经得以实践，2002 年，广东国旅假期与湖北神农架景区签订《神农架旅游线路广东专营协议》，抢得全国第一条旅游线路专营权；福建 6 家旅行社联合体与三明市 4 家景区联手推出三明生态旅游，共同开拓客源市场、打造精品线路；天津方舟旅行社与黄山屯溪老街、广之旅与峨眉山景区、湖南黄龙洞开发有限公司与湘西凤凰也先后组建旅游集团，这些纵向的协作极大地促进了旅游业整体价值链上的各个环节建立优势互补、利益共享的机制，强化了旅游企业的市场竞争力。

2. 我国旅游景区集团化的路径选择模式

我国旅游景区集团化的实现方式可根据各景区的内外部实际条件而定，综合来看主要有经营成长、资本运作、战略联盟以及行政组合四种路径模式。

（1）经营成长模式。即旅游景区通过良好的战略经营和自身积累，进行投资创建分支机构或企业实体，形成企业集团的发展路径。该路径模式主要有以下特点：第一，扩张速度较慢，仅依靠自有资金滚动投入。第二，资金流动速率高，方向单一，只有通过提高资金的周转速度，才能保证集团在规模上的扩张。第三，风险性较高，单方的大量资金投入以及缩短投资回收期都会给企业集团带来高风险。第四，母子公司、子公司之间的联系更加紧密，有利于企业集团的专业化发展和产业链延伸。由于这种模式对于核心景区企业的要求较高，因此适用性也较为局限。但其中也不乏成功案例，如深圳华侨城下发展的锦绣中华、世界之窗等四大主题公园就是采用的该发展路径。

（2）资本运作模式。即旅游景区通过发行股票、兼并、收购、资产重组等资本经营手段，建立以资产为纽带，由核心企业、成员企业以及关联企业共同组成的旅游集团。由于该模式下集团内部建立了核心企业对成员企业的股权制衡机制，因而有利于建立现代企业制度，实行法人治理结构，实现集团的一体化发展。资本经营可以使弱势资产以资产出售、股权置换方式退出经营市场，优化旅游景区的资源配置，实现网络化和规模化的双向发展。例如，黄山旅游股份有限公司通过有效的资本运作，B 股、A 股两次上市，筹资 4.1 亿元，还清 1.9 亿元负债，开始了加速发展的进程。泰山旅游 1996年以三条索道为主要资产上市，前后筹资近亿元，上市机制提供了其扩大索道投资和带资专业管理的机制和能力，为其寻找有关项目、实现专业化发展战略提供了有力支撑。

（3）战略联盟模式。战略联盟的路径模式是指旅游景区通过与其他旅游企业出于共同的利益和目标，通过契约或长期协定等形式相互合作、共担风险，形成一种优势互补、分工协作的经营联合体。契约方式包括特许经营、租赁经营、管理合同等主要形式。该路径模式没有直接投资，突破了资本量的限制，因而减少了风险，有利于提高企业集团的扩张速度。而且它一般不涉及企业的产权问题，因此在进行跨地区、跨所有制或跨系统集团扩张时遇到的阻力较小。在广东国旅假期与神农架林区政府签订《神农架旅游线路广东专营协议》中，规定"所有由广东其他旅行社组织的团队必须由国旅假期统一发团，否则，神农架旅游区应予拒绝接待"，所采用的就是该种集团化发展路径。

（4）行政组合模式。旅游景区向集团化方向发展本来是市场发展的趋势和结果，是企业通过控股或相互持股建立产权连接纽带形成利益共同体的市场行为，但在目前我国旅游市场发育不完善而行政垄断力量又十分强大的情况下，政府的主导作用不失为我国旅游景区集团化发展快捷有效的办法。政府可以用行政命令等手段，以无偿划拨、委托经营等方式在较短时间里组建起较大资产规模的旅游集团，这对缩短资本积累周期、加快我国旅游景区集团化发展步伐有着积极的作用。尤其是政府在处理我国旅游景区复杂隶属关系问题时的作用是不容忽视的。但从景区可持续发展的角度看，当集团形成后，政府的主导行为应及时从企业退出，让位于市场机制，政府则转为通过经济手段、法律手段来影响和引导旅游景区集团的发展。

我国旅游景区集团化发展路径模式对比

	经营成长模式	资本运作模式	战略联盟模式	行政组合模式
集团化发展速度	慢	较快	较快	快
集团化驱动力	经营推动	市场推动	市场推动	政府推动
集团成员关系	产权关系	产权关系	契约关系	契约关系
集团一体化程度	高	高	较高	低
集团经营风险	较高	较低	低	高

四、结语

综合来看，集团化发展是比较适应于我国旅游景区持续发展的一种发展方式，近 10 年来，国家有关部门也一直在倡导旅游业的集团化、网络化发展。尤其是我国加入 WTO 以后，集团化更是一个必然的趋势。2004 年，中国旅游企业的集团化进程出现了明显的加速，并有专家指出，2005 年我国大型旅游集团的发展，将在 2004 年的合并重组的基础上出现更加广泛的联动，全国大型旅游集团的总体格局将更加明朗。2004 年 11 月 10 日～11 日举行的北京酒店业发展国际论坛会中已经开始涉及外国管理集团参加管理自然景观的操作性等内容，这表明北京 300 多处景区将对外国管理机构开放，同时也将为我国旅游景区的集团联合发展与竞争力的提升提供更大的推动。